每個午夜都住著一個

說故事 IV

轉世輪迴

童亮——著

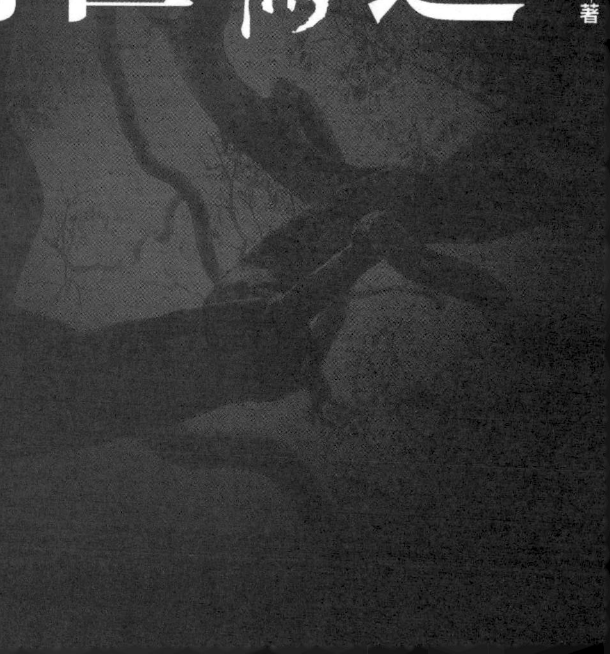

寫在前面的話——

傳說人死之後化為鬼。

鬼者，歸也，其精氣歸於天，肉歸於地，血歸於水，脈歸於澤，聲歸於雷，動作歸於風，眼歸於日月，骨歸於木，筋歸於山，齒歸於石，油膏歸於露，毛髮歸於草，呼吸之氣化為亡靈而歸於幽冥之間（出於《道經》）。

可見，「鬼」這個字的初始意義，已經與我們現在所理解的相去甚遠了。這本書，講述的雖然是詭異故事，但實際上是想將這個字引回原有的意義上——一切有始，一切也有「歸」。好人好事，自有好報；惡人惡行，自有惡懲。

目錄

Contents

在經歷了怨靈復仇和惡鬼討債之後，村子裡終於得到了一時的風平浪靜……

《百驅術》另一半的出現卻讓我忐忑不安，因為，我無意中洞悉了現實中存在的恐怖隱患！而當我正為爺爺身體出現的反噬而猶豫不決難以啟齒時，村中竟驚現了「紅毛野人」和黃鼠狼精的行蹤！

恐怖的氣氛籠罩了整個村落，一個個難解的謎團再次出現……

復活地

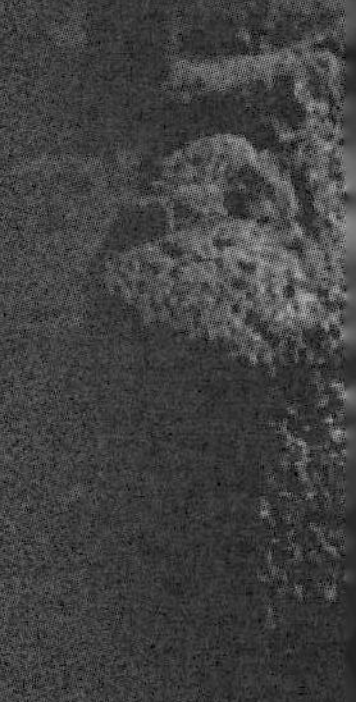

1

零點零分屬於昨天，還是屬於今天？

沒等我多想，湖南同學的聲音已經在我耳邊響起……

當然，土地能吸收精氣也不一定就能形成復活地。但是，當這塊土地吸收到了足夠多的精氣時，而這塊土地剛好埋葬了完好無損的屍體時，復活地就形成了。如果屍體缺胳膊少腿，這塊土地不能將旺盛的精氣注入屍體，從而使之成為紅毛鬼。所以說，獨特的土地和完好的屍體，兩者相輔相成，才能形成復活地，缺一不可。

屍體復活後，身上的汗毛都會變成鮮紅色，如毛細血管一般。頭髮、鬍鬚都是如此。眼睛也會由黑色變為紅色。

由於復活地形成的條件苛刻，所以紅毛鬼的出現機率相當微小。但是，文天村曾經出現過一起這樣的事情。剛發現紅毛鬼的時候，人們還以為它是人，只是毛髮和常人不同而已，故稱之為「紅毛野人」。

我正想將箢箕鬼和紅毛鬼的事情告訴爺爺。突然一聲大喊打斷了我的思維：「哎呀！岳雲呀，你終於來了！快快快！這裡幾百號人等著你呢！」

原來是奶奶。

爺爺一聽，慌忙跑出昏暗的夾道。

「怎麼了？怎麼了？幾百號人等著我？出了什麼事啦？」爺爺向奶奶大聲問道。

「山爹復活啦，變成紅毛野人啦。快進屋來，這裡好多人都等著你呢。我盼星星盼月亮，就是沒有看到你回來。茶水都喝了我一缸了。」奶奶巍巍顛顛地跑過來，拉起我的手往屋裡走。

我心裡一驚，沒有來得及跟爺爺說，山爹就已經變成紅毛鬼了？

我和爺爺剛進屋，人們便圍了上來，個個面露焦急的神情。眼裡充滿了期待和乞求。

他們堵在門邊，我和爺爺進不了屋。

「怎麼了？」爺爺大喝一聲，眼睛在人群裡掃描一周，想找個說話清楚的人來詢問。大家都急著跟爺爺說這件事，爺爺一揮手，制止道：「我聽不了這麼多人說話，你們找個能說清的人出來就行了。」

眾人你推我，我推你，此時，一個黑頭髮和白頭髮一樣多的男人站了出來。他的大拇指的指甲從中裂成了兩瓣，從斷裂處可以看到他的指甲相當厚，有菜刀的背面那麼厚。很多上了年紀的除了農活沒有做過別的的人都這樣。

爺爺的指甲也這樣，並且手指甲和腳趾甲都這麼厚。我在學校的小商店買的指甲剪根本剪不了爺爺的指甲。因為爺爺的指甲伸不進去，根本夾不到。他要用剪布的裁縫剪刀才能修理新生出來的指甲。這樣厚的指甲不是整塊的，它像三合板一樣層層疊疊，修理的時候非常麻煩。

「我叫選婆。」那個人自我介紹道。這塊地方對不同的人有不同的稱呼，喜歡在人名後面帶一個語氣助詞。小孩的名字後面帶「呀哩」，大人後面帶「婆」，老人後面帶「爹」。這個自稱「選婆」的人的名字裡並沒有「婆」字，他可能在小時候被人叫「選呀哩」，現在被人叫「選婆」，老了還要被人叫「選爹」。

「我看見山爹了。」選婆說，「我正在田裡看水，路邊就有一個人叫我的名字『選婆呀，選婆呀』。聲音很怪，像青蛙一樣難聽。我想這是誰呢。不看就算了，轉頭一看，嚇得我差點沒一屁股坐在水田裡。」

其他人都把眼光暫時對向選婆。屋裡的燈光本來就暗，這麼多人一擠，我都看不清他的臉。那時的燈光不像現在的日光燈，如果一個人背著燈光站著，你很難看清他的正面是什麼樣，更別說在5瓦的白熾燈下是什麼狀況了。

「你看見什麼了？」爺爺語氣緩和地問道。

「我乍一看，一個通身紅色的人站在田埂上跟我打招呼呢！開始我還以為誰跟我開玩笑，故意嚇我。我再仔細一看，這人怎麼有些眼熟呢？」選婆喉嚨裡咕嚕一下，咽下一口口水，「這人可不是死去的山爹嗎？除了頭髮、鬍子、汗毛都變成了紅色，臉色蒼白一些，其他都跟死去的山爹沒有差別。我突然想起文天村以前發生過的事情，想起了紅毛野人。於是，我嚇得丟了鋤頭，尿了褲子，一路狂奔到家裡。」

爺爺摸摸鼻子，說：「這也不難理解。山爹的大腦還有殘留的記憶，可是這些記憶串聯不起來。所以它認識你並不稀奇。它沒有做什麼其他出格的事情吧？」

「怎麼沒有？！」選婆皺眉道。其他人跟著點頭。

「什麼事？」爺爺問道。

「它一路看見雄雞就扭斷脖子，然後就著斷處喝血。樣子真是恐怖極了。小孩子嚇得哇哇地哭，大人看了也心驚膽顫。」選婆邊說邊向兩邊探看，似乎怕山爹躲在人群裡聽到他的話。

選婆兩邊看了看，把嘴湊到爺爺的耳邊，細細地問道：「馬師傅啊，你不是說過雄雞的血可以驅鬼嗎？它怎麼倒喝起雄雞的血來了？它到底是不是鬼啊？」

其他人連忙把詢問的眼光集中在爺爺的身上。這麼多雙閃著微光的眼睛加起來比頭頂的白熾燈還要亮。

「這是類似於僵屍的鬼。只是僵屍是惡性的魄附在死的肉體上，這是惡性的魄附在活的肉體上。它是吸收了精氣而復活的屍體，精氣本身就有很盛的陽氣，加上它本身活的肉體有活的血液，所以它不怕雄雞的血。」爺爺解釋道。

「那就是說，它比僵屍還要厲害嘍？」選婆底氣不足地問道。他的兩隻手已經不由自主地開始顫抖了。估計再嚇他一下，他就會在褲子裡尿濕一大塊。

爺爺做了個深呼吸，緩緩地說：「是的。」

「那，那，那我不是完了？」選婆的聲音變成鴨子般嘶啞，「它先看見的我，是不是它首先會來找我啊？」

旁邊有個人安慰選婆道：「它要害你，早在叫你名字的時候就害你了，還能等到現在嗎？你就別杞人憂天了。馬師傅，你說是不是？」

2

爺爺伸出乾裂的大手捧住5瓦的燈泡，屋裡頓時暗了下來。我的後脊樑一股冷氣直往上冒。屋裡擁擠的百來個人頓時鴉雀無聲。

爺爺的手在燈泡上撫弄片刻，燈泡上的灰塵少了許多，屋裡比剛才亮多了。我這才看清選婆的臉，他的眉毛很淡，淡到幾乎沒有。

「那可不一定。」爺爺回答那人道，「等把你們那裡的雄雞都吃完了，它就會開始對村裡的人下手了。」

選婆望著頭頂的白熾燈，呆呆地看了半天，說：「難怪它見了雄雞就會扭斷脖子。村裡的雞吃完，它就會對我下手啦。」

爺爺撥開人群，找了個凳子坐下。眾人又圍著那個凳子，蹲的蹲，站的站，就是沒有人坐下。我忽然想起葬禮上作法的道士掛起來的圖案，那都是枯黃年久的布畫。上面畫有一個手捏蘭花的或佛或神或魔或王的圖像在正中間，善目慈眉。周圍是一群或蹲或立的小鬼小廝。

在淡淡的燈光下，爺爺就像道士的布畫上那個善目慈眉的人，而周圍的人就像各種各樣的小鬼。想到這裡，我不禁笑出聲來。

眾人都回過頭來，迷惑地看著我。我連忙收住笑聲，一本正經地聽爺爺和他們的交談。

爺爺把手撐在大腿上，又將大家掃視一遍，說：「它的腦袋裡還有殘留的記憶，所以能記住一些生前認識的人。」

「那它的親人和左鄰右舍應該不會受傷害了。」有人籲了一口氣，緊繃的神經舒緩下來，用手連連輕拍胸口。

「最先受到傷害的正是它生前的親人和鄰居。」爺爺認真地說，「因為它的記憶是殘缺不全的，它只記得這個人，但是不清楚這個人跟自己有什麼聯繫，更不會考慮到是不是自己的親人。因此，它會首先攻擊這些人。」

「啊？！」選婆尖叫道，「那，那我豈不是完了！馬師傅啊，你一定要救救我們啊。天哪，它會不會首先來找我啊！天哪，天哪！有什麼解救的方法沒有啊？」

爺爺並不答那人的話，轉而問其他人：「紅毛鬼現在到哪裡去了？還在水田邊上嗎？」

「它扭斷了幾十隻雞的脖子，然後不知道躲到哪裡去了。我們也不敢去找。」人群裡一個人回答。

「幸虧你們沒有人去找它。它力大無窮，你們十個人一起上也抓不住它的一隻胳膊。它喝雞血喝飽了，就喜歡躲在柴垜裡休息。等肚子裡的東西消化了，它會又出來尋找吃的。」

「那萬一又碰到它，我們該怎麼辦？」有人焦急地問道。

「是呀，是呀。」其他人附和道。

我插言道：「你們只要提起它生前的醜事，它就會害怕。這是權宜之計。但是前提是它自己也還記得這件醜事。你們想想，它生前有什麼害怕人家知道的事情。」

爺爺對我的話點點頭，表示讚許。

「醜事？」選婆伸手撓著頭皮尋思道，「它有什麼醜事？我們一時從哪裡知道？就算有醜事，它也不會讓我們知道啊。俗話說家醜不外揚嘛。」

其他人點頭稱是。

爺爺笑道：「這種方法確實可以對付它，但是缺乏可操作性。」我尷尬地低下頭，安心聽他們談話。《百術驅》可不管你的方法是不是有可操作性。

「大家千萬不要提起水鬼的事情，如果引起它不樂意的記憶，它可能變得非常瘋狂。大家千萬要注意啊。知道嗎？」爺爺又掃視一周。

眾人連連點頭：「就是山爹還活著，我們也不能當他的面講這個事情啊。人都受不了，鬼哪能忍住！」

「大家記住了？」爺爺重新問道。眾人稱是。

「那我們走吧。」爺爺從凳子上站了起來。

「走？你去哪兒？」我問道，「難道現在就去對付紅毛鬼？」

奶奶也忙勸道：「你才從其他地方回來，也不休息一會兒？」

眾人也假惺惺地勸爺爺多休息一會兒，可是從他們的眼睛裡能輕易看出嘴不對心。他們這麼多人來到爺爺家，就是巴不得爺爺早點出面擺平紅毛鬼。

爺爺提了提自己的衣領，說：「走吧。早點去早點解決。免得它多害了幾條人命。」說罷，他走到牆角拿了一根竹扁擔。

眾人忙轉換口氣，紛紛說：「是啊是啊，遲早是要解決的，不如早一點。」

「這本身也怪我之前沒有想好，」爺爺扛起扁擔說，「我後來掐指算了，知道山爹的墳墓是要出事的，想在綠毛水妖的事情處理好後，就去破壞那塊復活地。可是沒想到這麼快，山爹就復活了。」

說到這裡，爺爺轉過頭來，看了我半天，說：「箢箕鬼那裡也出了問題，我是知道的。看來現在也只能先對付紅毛鬼了。」

我被爺爺這句突如其來的話弄迷糊了。難道爺爺已經知道箢箕鬼的事情了？我故意隱瞞著他，難道他也故意隱瞞著我？

我還沒有反應過來，爺爺已經大步跨出門了。眾人像串起來的辣椒一樣跟著他走出大門。奶奶忙回屋裡拿了一件大衣，趕出來披在爺爺的肩上。爺爺聳聳肩，扣住最上面的扣子，帶領大家走向山爹的埋葬地。

等大家都走出了大門，我才緩過神來，慌忙跟上去。奶奶又追上來非得要我加了件厚衣服。

山爹的埋葬地離畫眉村比較遠，翻過一座山，走過文天村，拐到大路上，再向左邊的大路走一段距離，才能到達。

一路上，眾人的嘴巴沒有消停，唧唧喳喳地發表著各自的驅鬼意見。有的建議挖個陷阱等著紅毛鬼像野獸一樣跳進來；有的建議用捉魚的網來捕，然後用麻繩吊起來；有的建議用打獵的鳥銃①把紅毛鬼的肚子打爛；有的建議找中學旁邊的歪道士來幫忙。

各人都說自己的建議好，吵得不可開交。經過文天村後又走了一段路，爺爺突然停住腳步，唾沫橫飛的眾人立即放棄自己的建議，靜靜地望著爺爺。

3

「怎麼了？」選婆害怕地輕聲問爺爺。

爺爺眼朝前方探尋，手朝後面擺擺，示意大家不要動不要吵。大家立即屏住呼吸，全神貫注地看著爺爺的一舉一動。

爺爺橫提了扁擔，躡手躡腳地朝前走。

紅毛鬼就在前面嗎？我心想道。大概後面的人都這麼想。

就這樣輕手輕腳地緩緩朝前走了半里多路，仍不見意想中的紅毛鬼出現，我不禁有些心浮氣躁。後面的人也按捺不住了，又交頭接耳地說起話來。

「噓——」爺爺回過頭來，將一個手指豎立在嘴唇前面。大家立即安靜下來。

「注意聽。」爺爺說。爺爺將一隻手從扁擔上移開，彎成龜背狀放在耳朵旁邊。大家學著他的動作細心聽周圍的聲音。

1. 鳥銃：舊時指槍一類的火器，是明朝對新式火繩槍的稱呼，因為槍口大小如鳥嘴，故稱為鳥銃，又稱鳥嘴銃。清朝改稱鳥槍。

開始我也沒有聽到怪異的聲音，在將手放到耳朵旁邊時，我聽見了「呼呼」的聲音。那種聲音就像豬圈裡吃飽喝足了的懶豬發出的一樣。那是一種小聲而愜意的酣睡聲。剛才大家的腳步弄成沙沙的聲音，遮蓋了這細微的聲音。可是爺爺在半里路之外就聽到了這麼細微的聲音，不能不使人驚訝。

「是紅毛鬼的聲音？」選婆問道。

爺爺目視前方，沒有點頭也沒有搖頭。用不太好的比喻來說，爺爺警覺得像一隻晚上出來偷豆油的老鼠。

天色已經很晚了，我們腳下的大路模糊得只剩下一條抽象的白帶，路上的坑坑窪窪無法看清。忽然，道路像席子一樣捲起來，從對面不遠的地方一直朝我們捲過來。

爺爺大喊一聲：「快跑！」大家一下子跑得四散，有的乾脆跳進了路邊的水田裡，有的拼命朝相反的方向奔跑。

我也慌忙撤身回跑，捲起的路在我們後面緊追不捨。路像散開的衛生紙，而現在似乎有誰想將散開的衛生紙收起來。

我的大腳趾不小心踢在了堅硬的石頭上，疼得我牙齒打顫。可是顧不得這些，我只是拼命地奔跑。

「它沒有追來了。」不知是誰說了一聲。大家立即軟得像一攤泥似的癱坐在地上，還有幾個人由於慣性繼續奔跑，不過沒有剛才那麼拼命，兩隻手像棉線似的甩動。我發現在夜晚看人跑步和在白天看人跑步是兩種不同的感覺。夜晚跑步的人像一棵水草漂浮在深水一般的夜色裡，人的手腳沒有白天那種力度，反而像棉線一樣隨著身體甩動。

我回頭去看那條路，它已經緩下去了些，雖然沒有剛才那種嚇人的勢頭，但是仍如波浪一樣輕輕浮動，彷彿被風吹動的衛生紙。

「剛才是紅毛鬼施的法嗎？」一個人撐著膝蓋呼哧呼哧地問道。沒有人回答他。跑散的人拖著疲憊的步子重新聚集起來。

「剛才是紅毛鬼嗎？」那個人見爺爺走了過來，又問道。眾人把目光對向爺爺。

「不，」爺爺否定道，「剛才是倒路鬼，是好鬼。」

「倒路鬼？好鬼？」那人皺眉問道，「是好鬼還害得我們這樣亂跑？倒路鬼是不是幫紅毛鬼的忙來了？」

爺爺擺擺手，做了兩個深呼吸調節氣息，然後說：「前面肯定有什麼危險。倒路鬼這樣做是要我們別往前走了。」爺爺把手伸到額頭之上，向前方探看。眾人也朝同樣的方向看去。路已經平靜下來，平靜得像什麼事情也沒有發生過。眾人用質疑的眼光看著爺爺。

一個人邁開步子，想朝前走。爺爺一把拉住他。

「好鬼？什麼好鬼？鬼哪有好的？吊頸鬼、水鬼、筧箕鬼都是惡鬼，都是害人的鬼。哪裡有幫人的鬼？」那人粗著嗓子喝道，「你看，前面有什麼事？什麼事也沒有，搞得我們神經繃得可以彈棉花了。」

「再等一會兒。」爺爺拉住他不放。

「哪有的事。」那人倔強地要擺脫爺爺，身子才扭動兩下，前面的狀況突然大變，眾人的臉色變得醬紫。

突然，無數的樹從天而降！

像下雨一般，根鬚上還帶著泥巴的樹從天上「下」了起來。無數的樹砸在了我們剛才站立的路上。「撲通撲通」聲不絕於耳，中間夾雜枝幹斷裂的聲音。有的樹剛好豎直掉落下來，砸在路面，而後又彈跳起來。許多樹落在地面又彈跳起來，彷彿要給這些瞠目結舌的人表演獨特的舞蹈。

很多散落的葉子以相對較慢的速度，較柔和的姿勢飄落下來，落在這些人張開的嘴裡，蓋在圓睜的眼上。

轉眼之間，剛才還好好的一條寬路，現在已經是片樹林。只不過這個樹林亂七八糟，樹有橫的、豎的、斜的、倒的；有斷樹枝的，有斷樹幹的，有斷樹根的。

眾人面對這片亂糟糟的樹林，一動不動地站了半分多鐘。

爺爺鬆開那人。那人不往前跑了，兩腿一撇跌坐在地。那人一副哭腔道：「我的娘呀，要是剛才馬師傅不拉住我，我現在就成肥料啦。」

樹已經停止「下」了，葉子仍在空中飄忽，不時落在鼻上、臉上。

「是紅毛鬼發現我們了。」爺爺說，「它現在躲在那座山上。」

「這些樹是它扔過來砸我們的？」選婆戚戚地問道。用不著爺爺回答，大家都知道答案。

「它，它哪有這麼大，這麼大的力氣？你，你看，這些樹都是連，連根拔起的。」選婆擤了擤鼻子，斷斷續續地問道。

黑暗中一個人回答道：「何止是這麼大的力氣！整座山的樹它都能拔得像開水燙了的雞一樣乾淨。文天村以前就出現過紅毛野人，發生過類似的事情。你說是不是，馬師傅？」

爺爺沉默地點點頭。爺爺拍了拍袖子，在地上摸到一塊還算乾淨的石頭，坐下休息，然後朝眾人伸手道：「誰帶了菸，給我一根。」

幾十個人連忙將手伸進自己的口袋。

幾十根菸遞到爺爺的鼻子前面。爺爺的手在這麼多的菸前面猶豫了片刻，然後隨意抽出一根點上。

香菸的氣味讓我清醒了不少。

4

「剛才懶豬一樣的呼呼聲就是倒路鬼發出的嗎？」選婆問道。

爺爺吸了一口菸，說道：「是的。其實我剛才要大家快跑，並不是怕大家被路給捲起來。路被捲起來只是我們看到的幻象，如果你站在原地不跑，路也傷害不了你。我之所以要大家快跑，是知道這裡馬上要出事，叫大家逃脫險境。倒路鬼也正是用這種幻象嚇唬人，叫人不要在這裡久留。」

眾人連忙說出許多感謝倒路鬼的話來。

爺爺咳嗽兩聲，吩咐大家道：「現在趁紅毛野人剛剛發洩了一番力氣，暫時沒有更多的力量，我們快點找到紅毛野人躲藏在什麼地方，把它制服。不然等它恢復了力氣，我們一百個人都摁它不住。」說完，爺爺將扁擔夾在腋下，帶領大家繞過面前亂七八糟的樹林，繼續向前面行進。

「剛才它扔了這麼多的樹過來，它現在肯定還在某片樹林裡。大家到處看看，哪裡的樹林禿了一塊，它就可能在哪裡。」爺爺指點道，「大家注意，一個人碰到紅毛野人的時候千萬不要跟它鬥，要拼命地選小路跑，不要順著大路跑。多走些岔路，別走直道。紅毛野人在發怒的時候喜歡跑直道。大家要注意它的這個特殊習性。」

「紅毛野人發怒的時候走直道？」選婆詫異地問道。

如果是在以前，我也會感到奇怪。

爺爺以前告訴我放牛的時候要防止牛發怒。別看牛平時對人老老實實，在田地裡都規規矩矩地耕田犁地，可是它的眼睛發紅時，牛角一低，衝起來比火車還快還凶。曾經有個牛販子惹怒了一頭牛，他的腸子都被牛用牛角給絞出來了。

那個牛販子並沒有因此而放棄買賣牛的生意。他還常出來收牛販牛。我還時常碰見他。爺爺說，那個牛販子上廁所再也用不著脫褲子了。我問為什麼。爺爺說，那個牛販子現在直接從肚臍眼接出一根塑膠管，拉撒的事都由那根塑膠管包辦了。

我聽得毛骨悚然。爺爺藉機告訴我，千萬小心牛發怒。

我又問，萬一它發怒了怎麼辦？

爺爺說，你選小道跑，選岔路跑。牛發怒的時候是走直道的，這樣，你就不會被牛衝上撞上。雖然後來沒有遇到過牛發怒的情況，但是爺爺的這些話我一直用心地記著。

如果是在以前，我也會像選婆一樣感到奇怪：這紅毛野人怎麼跟牛一個德性呢？《百術驅》上有解釋：紅毛鬼有牛的秉性，力大，氣粗，發怒時走直道。並且身體最弱的部位是鼻子。你就是用鋼筋鐵棍抽打紅毛鬼的身體，對它來說也不過是撓癢癢。但是你輕輕碰一下它的鼻子，它便會疼得打滾。牛也是這樣，發怒的時候老虎都讓它三分，但是人們牽住了它的鼻子，它就只好乖乖地跟著人的指令走路。

鬼有牲畜的秉性也不鮮聞少見，前面矮婆婆碰到的食氣鬼也有牲畜的秉性。食氣鬼的秉性則跟狗一樣，吠叫、犬齒、愛吃肉骨頭。爺爺當初就是用肉骨頭將食氣鬼一步一步逗出來的。

爺爺一時間不好仔細給選婆他們解釋紅毛鬼的牲畜秉性，嘿嘿一笑道：「你記住就是了。」

選婆不滿意地「哼」了一聲。

「我知道紅毛鬼在哪裡了。」一個人欣喜地說道。因為天色比較暗，我看不清那人長什麼樣。

「在哪裡？」選婆邊問邊掏出火柴劃燃。「哧——」火光在我們的臉上跳躍，我們看見那個說話的人虎頭虎腦，粗眉大眼。

「在全老師家的茅房後面那個小山包上。」那人語氣肯定地說。選婆手中的火光弱了，漸漸熄滅。剛剛出現在我眼前的人們重新滑回黑暗之中。

「你這麼肯定？」選婆吹著氣，大概是火柴梗燙到手指頭了。

「剛剛我們繞過那些樹的時候，我摸到了光滑的茶子樹。」那人說。

「那又怎樣？」選婆問道。

「要是摸到其他的樹，我還不敢肯定。如果是茶子樹，那必定是全老師家的。那個全老師你們不是不知道，文縐縐的一個人，娘兒們似的。他最不喜歡跟人家吵架，覺得那樣有傷他做老師的文雅。他屋後的小山包上有一小片茶子樹，水大伯和他都有份。每年摘茶子的時候兩家人總免不了會吵架，爭論哪棵茶子樹是誰家的。於是，全老師想了個法子，將一半茶子樹繫上紅繩，一半不繫。繫紅繩的就是全老師家的，沒有紅繩的就是水大伯家的。」

「你意思是你剛才在茶子樹上摸到了紅繩？」爺爺不願意聽他再講下去。

「嗯哪。」那人回答道。

「那好，我們先一起去全老師家後面的山包。」爺爺說。

於是，我們一百多人調頭走向全老師家。

全老師住在一個小山坡上，要經過全老師家走到房子後面的山包上去，首先還得爬一個非常陡的斜坡。

那個坡不但陡，還很窄，容不下兩個人並行。

這個坡原來也沒有這麼窄。幾年前，有兩戶人家想在全老師房子前面蓋兩棟小樓房。於是左邊一戶右邊一戶，將原本很寬的山坡削得不到一臂寬。

可是房子還沒有建成，兩戶人家又因為同樣的事情改變了主意。

這兩家人在打地基的時候，在地裡挖出了不吉祥的東西。有人說這裡的風水不好，也有人說建房的時辰沒有選好。四姥姥則說他們衝撞了太歲。

他們在地裡挖出了兩塊洗衣板大小的生肉，鮮紅柔軟，跟屠夫新賣的豬肉沒有多大區別。按理來說，這裡的土地沒有人動過，這兩塊肉應該有很長時間了，應該腐爛得發臭了。可是它不臭不香不腐不爛。

將這生肉切開來，裡面的肉還有血絲。這下兩戶人家都傻眼了，不敢繼續打地基。在四姥姥的勸說下，他們把這兩塊生肉埋回原地。

5

可是過了不到一年，那兩戶人家的人都死得乾乾淨淨了，一個都沒有剩下。有人說，衝撞太歲本來就已經是很嚴重的事情，他們還用刀將太歲剖開了，這才導致他們兩戶人家全部不明不白地死去。

那時我還沒有跟爺爺捉鬼，自然也沒有閱讀《百術驅》。在一次乘涼的時候，四姥姥跟我們幾個小孩說起了這件事。我傻乎乎地問道，四姥姥，太歲是什麼東西啊？怎麼就衝撞了太歲呢？

四姥姥拍了一下我的腦袋，罵道，你真是笨！怎麼讀書的？「在太歲頭上動土」都沒有聽說過嗎？「在太歲頭上動土」是中國的一句老話。老話能不信嗎？它表明一種忌諱，不信這種忌諱就會招致災禍。

很多人說狠話的時候喜歡講「你活膩了？敢在太歲頭上動土！」這些話我經常聽到，也知道把這句話和「敢在老虎屁股上拔毛」當成一類的威脅話，可是從來沒有想過「太歲」是什麼東西，沒有想過怎麼就不可以在「太歲」的頭上「動土」。

當時四姥姥一打一罵，我便不敢吭聲再問。後來在《百術驅》上，我看到了相關的解釋。

太歲本是古代天文學中假設的星名。太歲與歲星相對應。歲星即木星。

古人認為歲星每十二年一周天，於是將黃道分成十二等份，以歲星所在部分為歲名，共有十二個歲名：壽星、大火、析木、星紀、玄枵、取訾、降婁、大樑、實枕、鶉首、鶉火、鶉尾。古書中有「歲在鶉火」、「歲在星紀」這樣的記載。歲星運行的方向自西向東，與將黃道分為十二支的方向正好相反，古人就推研出一個太歲，太歲向與歲星實際運行相反的方向運行，古人就以每年六歲所在的部分紀年。如太歲在寅叫攝提格，在卯叫單閼。後來又配以十歲陽，組成六十干支，用以紀年。

太歲每十二年統天一周，與表示方位的十二地支正好相配。逢甲子年，甲子就是太歲。逢乙丑年，乙丑就是太歲，依此類推至癸亥年為止。

風水觀念認為，太歲星每年所在方位為凶位，如果這一年在這一方位破土興建房屋或造墳，便會招致禍事。

後來，一次歷史課上，老師也講到了「太歲」。那個歷史老師真的很博學，但是嘴巴有些歪，說話的時候顯得尤為嚴重。不過這也不影響他的講課品質。

他歪著嘴巴，口若懸河地講：衝撞太歲這種觀念早在先秦就產生了。《荀子．儒效》記載：「武王之誅紂也，行之日以兵忌東南而迎六歲。」這個記載說的是武王伐紂時，是在兵家所忌的日子。當時的大臣勸諫說，歲在北方，不當北征。武王不聽，結果與太歲相逆，武王的軍隊走到汜水，汜水猛漲；走到懷水，懷水猛漲。天氣變冷，日夜大雨，軍心動搖。幸虧來了諸神相助，才逢凶化吉，滅了商紂。

漢代的一個叫王充的名人，他為此寫了《論衡．難歲》。他敘述說：「《移徙法》曰：『徙抵太歲凶，負太歲亦凶。』抵太歲名曰歲下，負太歲名曰歲破，故皆凶也。假令太歲在甲子，天下之人皆不得南北徙，起宅嫁娶亦皆避之；其移東西，若徙四維，相之如者皆吉。何者？不與太歲相觸，亦不抵太歲之沖也。」

我跟爺爺講起「太歲」的時候，爺爺卻說也有不怕太歲的。

我驚訝道，還有不怕太歲的？

爺爺點頭稱是。

爺爺在跟奶奶結婚的時候，姥爹決定在原來的屋旁邊加兩間房。一時疏忽，姥爹竟然忘記了衝撞太歲的忌諱，他因為爺爺的婚禮忙得暈頭轉向，也沒有事先掐算一下。

挖地基的時候，果然有建房的長工挖出了一大塊肉。

建房子的長工嚇得不得了，對姥爹說，這房子我是不敢建了，工錢我也不要了。

姥爹兩眼一瞪，喝道，怎麼就不建了？我兒子就要結婚了，不多建兩間房，來的親戚朋友都住哪裡？

長工臉上冒出豆大的汗珠，說，這我可管不了，我不能為了這點工錢把自己的命賠上。

姥爹是方圓百里有名氣的人，說話也不怕人。他怒道，是我要建房，是我要住，有什麼事情我承擔。工錢照原來的十倍付給你。

你不怕太歲嗎？長工戚戚地問道。

我怕太歲？我什麼都不怕！太歲怕我才是。

姥爹說罷，拿出牛鞭在那塊肉上抽了百來鞭，抽得裡面的白肉直往外翻，整塊肉浮腫起來，比剛出土的時候大了兩倍。長工看得一愣一愣的。姥爹都這樣了，他還有什麼怕的呢。於是長工接著砌牆蓋瓦，拌灰攪泥。

姥爹將抽爛的肉用箢箕挑起來，倒在了畫眉村前面的大路旁邊。

那後來呢？我急忙問爺爺道。

爺爺說，我，你，你媽媽，你奶奶不都好好的嘛！

那為什麼那兩家的人都死了，而姥爹絲毫沒有事呢？

爺爺說，後來有個和尚到村子裡來化緣，看見了扔在路邊的肉。和尚對著那塊肉說了一些別人聽不懂的話。那個和尚在別人的家裡討米時，別人問和尚跟那塊肉說了什麼。

對呀，說了什麼呀。我早已迫不及待。

那個和尚問肉，太歲兄呀太歲兄，從來只有人人怕你的份，沒有你怕人家的份。你為什麼受了辱打而不報仇呢？那塊肉說，打我的那個人八字硬，逢凶則會化吉，遇到險境自有貴人相助，我又有什麼辦法呢。

姥爹一輩子紅光滿面，精神抖擻，走起路來噹噹噹地響，從出生到逝世，沒有發過高燒，沒有打過噴嚏。一輩子順順暢暢，確實沒有什麼阻礙。

全老師家前面的一個小小斜坡，就勾起我的這麼多思緒，差點把故事都給忘記了。好了，現在話回原題。

走到全老師家前面的斜坡上時，我們都被面前的情形驚呆了！

6

選婆不由自主地發出「啊」的一聲，張開的嘴巴半天沒有合上。

全老師的房子已經成為一片瓦礫。

紅毛鬼坐在瓦礫之中，正津津有味地啃著一個雞脖子，就像一般的人吃大蔥一樣。紅毛鬼的嘴上、臉上、脖子上被雞血染得通紅。

全老師這段時間一般住在學校，不會回來。所以全老師應該還不知道自己的房子變成了一堆破爛。

紅毛鬼聽到選婆「啊」的一聲，立即停止了喝血的動作，愣愣地看著選婆。大家都站住了，也愣愣地看著紅毛鬼。很多人擁擠在狹窄的斜坡上，如果紅毛鬼這時衝過來，許多人會失足掉下去，很輕易就會摔成骨折。

「選……選……」紅毛鬼結結巴巴地說。

選婆渾身一顫，跟著它說：「對，我是選……選婆。」

「選……選婆？」紅毛鬼斜著眼睛看他，似乎記不起來選婆這個人，又像是正在確認面前的人是不是生前認識的選婆。

「你今天白天還在水田旁邊叫我了，你不記得啦？」選婆雙腿微微顫抖，聲音弱小地提示紅毛鬼道。選婆盡可能地拖延時間，等身後的大群人悄悄挪步退下陡坡，好讓爺爺從後面擠上來對付它。

紅毛鬼的注意力集中在選婆的身上，沒有發現他後面的人群正在悄悄地挪移。爺爺提著扁擔緩緩往上靠。

「選婆？」紅毛鬼問道，隨手丟掉汩汩冒血的雞，站了起來，兩眼死死盯著選婆。選婆頂不住了，兩隻腳篩糠似的抖。

這時，「哧啦」一聲，選婆的家門鑰匙從褲兜裡掉了出來，落在腳旁。選婆眼睛盯著紅毛鬼，彎腰去撿鑰匙。

在選婆彎腰的同時，紅毛鬼看見了他背後移動的人們。紅毛鬼發現自己上當了，雙手握拳，怒目圓睜，對著混沌的天空咧嘴嚎叫。「啊嗚——」刺耳的叫聲震耳欲聾。它一腳踩在丟掉的雞脖子上，傳來雞骨頭「咯吱咯吱」被碾碎的聲音。

紅毛鬼弓起身子，歪著頭扭了扭脖子，作勢要朝人群這邊衝過來。移動的人群立即靜止了，臉上混雜了期望與絕望。期望的是紅毛鬼突然改變主意不要衝過來；絕望的是看到紅毛鬼眼中的兇狠。氣氛頓時緊張起來！

紅毛鬼由嚎叫變為低吼，像發怒的豹子。

選婆突然大喊道：「山爹！你家的水牛偷吃了王娭毑②家的稻穀，你不怕人家知道嗎！」

紅毛鬼的氣勢陡然大減，它慌忙地左顧右盼。

「王娭毑馬上就上來了，看你好意思！」選婆使盡了力氣叫嚷，聲音都已經變得不像他的了。

紅毛鬼瞥了一眼人群，慌張得像隻野兔子一樣蹦跳著朝小山包上逃跑。

像閃電似的，紅毛鬼瞬間不見了蹤影。

所有的人都鬆了一口氣，急忙讓開一條道。爺爺從人們讓開的道中走到前頭，生怕紅毛鬼回來。

等了片刻，不見紅毛鬼回來，大家才將緊張的神經鬆懈下來。

「選婆，你剛才挺聰明的嘛。要是紅毛野人剛才衝過來，不知道多少人要從這坡上摔下去呢。就是不摔死，也要壓死幾個人呢。」有人讚揚選婆道，「你怎麼跟它講到王娭毑？」

選婆兩腿軟如稀泥，雙手撐地坐下，虛弱地說：「我原來看見過山爹的水牛偷吃了王娭毑的水稻。王娭毑種田難，山爹生怕王娭毑知道是他家的牛吃了水稻，一直隱瞞著。」

我問：「王娭毑怎麼種田難？」

2.娭毑：湘語。尊稱老年婦女。

別人搶答道：「王娭毑的老伴死得早，膝下就兩個女兒。女兒出嫁後都不肯回來幫她秋收。所以王娭毑種田特別艱難。要是她知道是山爹的牛偷吃了她家的稻穗，肯定把他罵得狗血淋頭！王娭毑罵起人來，可以三天三夜不停歇不喝茶。」

另外一人不禁感嘆道：「難怪鬼怕惡人，連紅毛野人都還記得王娭毑。」當然，這個「惡人」並不是指品行，而是指脾氣。

又有人說：「那我們不怕它了，它一碰到我們，我們就喊『王娭毑來啦，王娭毑來啦』那它就不能傷害到我們任何人了。」

爺爺搖頭道：「這樣不行。你用這個嚇它一兩次沒有問題，但是老用這個方法，恐怕會把它給激怒了。你們也看見了，它力量大得嚇人，它單獨能把全老師的房子拆了，萬一你把它激怒，它能把人都給拆了。」

「那怎麼辦？」那人焦急地問。

爺爺說：「走。我們先到紅毛野人復活的地方去看看。」

於是，百來號人又一起來到山爹的墳前。

爺爺扶著墳前的柏樹，摸了摸下巴，幽幽地說：「果然是塊絕好的養屍地。就是枯樹朽木丟在這裡都會重新開花。」

「有這麼神？」選婆對著墳墓上的一個大洞說。那裡應該是紅毛鬼從墳下鑽出來的通道。

「當然有這麼神了。這裡是狗腦殼穴，難怪他會復活呢。」爺爺雙手叉腰，仔細察看兩座連在一起的墳。旁邊的墳裡埋著山爹的妻子。當初鬧水鬼的事情還歷歷在目。

「狗腦殼穴？」選婆問道，「我聽我的爺爺講過這麼回事，好像說狗腦殼穴是養屍地的一種。」養屍地就是復活地。

人群裡有人問道：「養屍地是什麼地？」

「所謂養屍地，就是指埋葬在該地的屍體不會自然腐壞，天長日久即變成活屍的那種地方。據古書記載，活屍有三個別名：移屍、走影、走屍。活屍分成八個品種：紫毛、白毛、綠毛、紅毛、飛毛、遊屍、伏屍、不化骨。」

「紅毛就是紅毛野人？」

爺爺點點頭。

「那養屍地又是怎麼使山爹復活的？」

「這個就說來話長了。」爺爺邊圍著墳墓踱步邊說，「按照葬理說法，選擇陰宅風水講求的是龍脈穴氣，簡而言之就是葬穴的地氣。死牛肚穴、狗腦殼穴、木硬槍頭、破面文曲、土不成土等山形脈相，均是形成主養屍的兇惡之地。從地形可以看出，山爹的墳剛好符合狗腦殼穴的說法。」

7

「有首《辨陰宅美訣》是這樣說的：『天機難識更難精，仔細尋龍認星辰。發脈抽心穴秀嫩，藏風避殺紫茜叢。欲知骨石黃金色，動靜陰陽分合明。此是陰墳尊貴格，留為後代作真傳。』在許多葬理辨龍經書中，都認為養屍地在喪葬風水中是最為恐怖、危險和忌諱的墓地。」爺爺在墳頭的大洞前站住，說，「遺體誤葬在養屍地後，人體肌肉及內臟器官等不僅不會腐爛，而且毛髮、牙齒、指甲等還會繼續生長。屍體因奪日月之光汲取天地山川精華，部分身體機能恢復生機，猶如死魄轉活便會幻變成活屍。活屍形成後會掘開墳墓，從中逃出。」

爺爺指著前面的大洞，意思是紅毛鬼是從這個洞裡逃出來的。

我看了看地形，山爹的墳比他妻子的墳要大許多，這樣看來，確實形同一個剝了皮的狗腦殼。

選婆誇獎爺爺道：「馬師傅，您還真是經驗豐富的方士啊。要是埋葬山爹的時候您也在場，就不會出現這樣的事情了。」

爺爺搖搖手道：「不對，我來了也不一定能知道。」

選婆問：「為什麼？」

爺爺說：「有些墳地形成的時候並不是這個地形。風吹日曬的，泥土慢慢沉積下來，也有可能變成這樣的地形。」

「您以前遇到過這樣的事情嗎？」人群裡冒出一聲。

爺爺笑道：「我以前沒有遇到過，但是我父親曾經遇到過。」

「姥爹遇到過？」我感興趣地問道。在媽媽對我的敘述裡，姥爹簡直就是個半仙。一講到爺爺，媽媽就說爺爺太愚笨了，不論在哪個方面，爺爺都不及姥爹的一半的一半。用我們課堂上學的算術來說就是不及姥爹的四分之一。

我跟姥爹在一起的時間太短，所以對姥爹的生平事蹟瞭解很少。看看現在的爺爺，我並不覺得爺爺會差到哪裡去。可能是感情因素影響了我的看法。

爺爺用手摸了摸洞眼，慈祥地笑了。我心想，爺爺是不是根據洞眼的方位判斷出了什麼隱秘的東西？

選婆沒有心思關注爺爺的這些小動作，好奇心驅使他緊逼著問爺爺：「您的父親可是個半仙呀！我父親也經常講起他的事情，一說就不停地說您的父親有多厲害多神多準。」

如果人家誇的是爺爺本人，他會很不好意思地嘿嘿傻笑；但是如果人家誇獎姥爹，爺爺就毫不吝嗇地擺出驕傲的神情。當然了，我也是。

「那您的父親跟您講過這件事嗎？要不，您給我們講講？也許我們會從中找到捉住紅毛鬼的方法呢。」人群裡又有人說道。

爺爺說：「那是兩碼事。雖然是同類型的鬼，但是鬼的性質不同。不能用同樣的方法對付的。」

選婆問道：「同類型的鬼，怎麼就性質不同了呢？」

爺爺說：「我們同為人，就有千千萬萬的性質。何況鬼？」

選婆不滿意爺爺的回答，粗著嗓門說：「不礙事。您講來就是。紅毛野人剛剛被我嚇走，一時半會不會回來了吧？」說完，一臉得意。

爺爺只好答應。爺爺就是這樣的人，自己不願意的事，只要人家跟他磨磨蹭蹭地多說兩句，爺爺就繳械投降了。

點燃一支菸，隨著繚繞的煙霧，爺爺開始了回憶……

那是很久以前的事情了。出事的人家是與姥爹一起讀過私塾的人。在姥爹的哥哥還沒有去趕考之前，姥爹的父親還是很希望兩個兒子在功名上爭氣的。所以姥爹讀過一小段時間的私塾。

在姥爹退出私塾十幾年後，當年跟他一起讀私塾的同學來找他了。那時候姥爹的方術已經名揚百里了，人家來找他也不外乎就是這類的事情。

姥爹問那位曾經的同學出了什麼事情。

那位同學說，前幾年他娶了一個媳婦，漂亮賢慧，可惜因為難產死了。

家裡人沒有料到會發生這樣的事情，都非常悲痛。由於事先沒有一點準備，於是草席一捲，草草地將他媳婦和肚子裡的孩子下葬了。時隔半年，他到鎮上的一個糖炒栗子店買小吃，買完卻發現忘記帶錢。於是，他想向店老闆賒賬。這個老闆一向很好說話，但是這次就是不肯。他就問，您今天怎麼變得這麼小氣啦？店老闆說，你家媳婦在我們店已經欠了很多錢啦，她說等你來還清。你現在舊賬還沒有還清，又要欠新賬？

姥爹問，你家媳婦不是難產死了嗎？

那位同學說，是呀。我跟店老闆說，你是不是認錯了人，我妻子幾年前就死啦。店老闆堅持說是我妻子。我心想蹊蹺，我妻子生前確實愛吃糖炒栗子，經常出門兜裡都要揣兩顆。但是也有可能是另外的女子長得像我妻子，店老闆看走了眼。店老闆拉拉扯扯的，一定要我還債。我就只好答應他，躲在店裡的簾子後面，等待那個像我妻子的人來買糖炒栗子。

那位姥爹的同學說，等了半天，不見那個人來買糖炒栗子，我就耐不住性子想走。店老闆告訴我，那個女人每隔七天一定會來店裡一次的，已經形成了規律。今天離上次買栗子的日子剛好是七天。她一定會來的。店老闆叫我再忍耐一會兒。我沒有辦法，只好又躲回到簾子後面去。

姥爹問道，那她來了沒有？

他說，我在簾子後面站了好久，站得腿都酸了，肚子也咕咕地叫喚。我心想，這不是遭罪嗎。管她是不是騙人還是店老闆看走了眼，我把這筆欠債還了得了，告訴店老闆以後別再給那女人賒賬就可以了。這個想法一出，我就想馬上鑽出來。就在我要跨出腳的時候，店裡突然有了動靜。店門口傳來了腳步聲。店老闆很機靈，故意大聲地說，哎喲，您又來買糖炒栗子啦？您丈夫什麼時候來還錢哪？我頓時將步子收了回來。

8

「後來呢？」選婆迫不及待地問。

「後來呀，」爺爺蹲下來，對著洞眼窺看，漫不經心地說，「他在簾子後面偷聽。那個女人說，再賒兩斤糖炒栗子給我吧，我丈夫會來付賬的。店老闆給她包了一包糖炒栗子，然後問道，你丈夫到底什麼時候來還清你欠的錢哪。那個女人說，快了快了。店老闆咳嗽一聲，提示他注意。簾子是粗麻布做的，空隙比較大。他從簾子後面可以看到女人的模樣。開始女人背對著他，他不能確定她是不是他原來的妻子。因為他妻子死去幾年了，他聽著聲音像，但是不確定就是。等那個女人包了糖炒栗子轉身出店時，他差點驚叫起來！這個女的果真就是他死去多年的妻子！」

由於當時是深夜，風在遠處嗚嗚地叫。雖然我們有百來人站在山爹的墳前，但是我們都不禁打了個冷顫。

爺爺若無其事地接著講：「他知道事情非同尋常。沒有立即跑出來相認。等妻子走出門後，他才從簾子後面鑽出來，一口答應店老闆把以往欠的糖炒栗子的錢全數付清，然後急忙追出店，悄悄跟在妻子後面。他的妻子走的方向正好是當年埋葬的地方。他跟著妻子走了許多蜿蜒的山路，最後來到了妻子的墳墓前。這時，一個小孩子奔跑前來迎接他的妻子。那個小孩子牽起他妻子的手，正要一起走進墓室。情急之下，他大聲呼喊妻子生前的名字。他的妻子和那個孩子回頭看見了他。他的妻子立刻臉色大變，跌倒在地。那個小孩子傻愣愣地站在原地不知所措。他連忙撲過去抱住妻子，可是此時他妻子的皮膚急速地變色腐爛，不一會兒就變成了一攤爛水骨頭。那個小孩子見狀大哭喊娘！原來這個小孩子就是當年難產的遺腹子！」

爺爺講完，半天沒有一個人發言。冷風輕輕掠過人們的臉。

選婆掏出一根菸叼在嘴上，又掏出火柴，劃了幾下沒有劃燃。選婆將嘴邊的菸又放回到菸盒，聲音嘶啞地問道：「那個孩子後來怎麼了？」

爺爺說：「我父親的同學來找他，正是要問這件事。他不知道怎麼處理這個孩子。我父親說，死的已經死了，活的還要活下去。那個人點頭而去。聽說那個孩子很能幹，後來還當上了縣長。」

選婆突然自作聰明地建議道：「那我們可以用同樣的方法對付紅毛野人啊。」

我問：「什麼同樣的方法？」

「叫個他的親戚喊他的名字，他一聽見親戚喊他的名字，不就變成腐爛的骨頭了嗎？根本用不著我們動手呢。」選婆興沖沖地說。

「你到哪找他的至親去？」爺爺問道。

選婆撓撓頭皮，尷尬地說：「是呀，他妻子，他兒子都已經死了，連他那條不會說話的老水牛都死了。沒有誰可以幫忙了。那該怎麼辦啊？」

爺爺站了起來，眼睛離開洞眼對著天空的寥寥星辰看了看，說：「即使他有至親在世，對他也不一定有效哦。」

「為什麼呢？」

「因為那是不化骨，這是紅毛。」爺爺說。

「對了，您說這是狗腦殼穴，那山爹的媳婦怎麼沒有復活啊？」選婆話一出口，其他人都跟著點頭。

爺爺指著一大一小的墳頭，解釋道：「即使形成了狗腦殼穴，屍體也必須在狗腦殼的大腦位置才行。山爹媳婦的位置在狗鼻子上，形成不了復活地。」

選婆「哦」了一聲，表示明白了。眾人的疑慮這才解開。

我提醒大家道：「我們也聊了一會兒了，不知道紅毛鬼現在跑到哪裡去了呢。今天晚上我們還要不要追過去？」

爺爺說：「我剛剛看了這個洞眼，也算了日子。這些天月光虛弱，陽氣旺盛，紅毛野人暫時不會傷害人。大家回去把家裡的雄雞都好好關在雞籠裡，別讓紅毛野人吃了。雞吃了是小事，紅毛野人吃了雄雞血就會增加力氣，也就更加難以對付。明天晚上紅毛野人會回到這裡的，我們先回去休息，睡到日上三竿，多蓄點力氣，明天晚上一起過來對付紅毛野人。」

「嗯，嗯。」大家連連回答道。

「還有，」爺爺揮手道，「大家回去後，把屋樑上的舊灰塵掃點下來，用黃紙包著。」

「屋樑上的灰塵？」選婆瞪著眼睛問道，「有什麼用？」

爺爺故意賣關子道：「明晚來了就知道了。」

說完，爺爺將手裡的扁擔狠狠地捅進墳墓的洞眼裡，口喝咒語道：「千里萬里，我只要一針之地！」

扁擔插進洞眼，只剩短短的一頭露在洞口，如同一條還未爬進蛇洞的冷蛇。

抬頭看看月亮，又昏又暗，不像是發光的圓盤，反而像個吸光的漩渦。

9

「今晚就這樣了嗎？」選婆心有不甘地問。

爺爺反問道：「要不你想怎樣？先別說我們能不能鬥過紅毛野人了，它在什麼地方誰都不知道？」

「明天晚上它就一定會回到這裡嗎？」

「會的。」爺爺信心十足地回答道，「大家回去後互相轉告一下，把門拴緊一些。」然後爺爺揚揚手，像趕鴨子一般將大家驅散。

我們村比較大，人口比較多，所以分成了好幾塊聚居地，這幾塊聚居地有各自的名稱。我家屬於「後底屋」，遙遙相對靠著常山的地方叫「對門屋」，與「對門屋」挨著的是「大屋」，這幾個地方住的人多，還有零零散散的「富坡」、「側屋」等。總之，我們村比畫眉村和文天村要大許多。山爹和我是一個村，但是他住在「大屋」那邊。我又不是經常在外瘋玩的人，所以除了他之外，其他「大屋」的人都不怎麼認識。

這百來號人都是「大屋」那邊的。

「對門屋」的房子都是依傍常山而建。翻過常山就到了將軍坡。因此，爺爺就隨我回來，在我家將就一晚。其他人都三三兩兩地回到「大屋」的各自家裡。

走到我家地坪時，爺爺瞥眼看見了窗臺上的月季。因為水稻收回來後還要曬三四次，所以這裡的人家住房前面都留一塊兩畝地大小的地坪。我的睡房就在地坪的西面，窗臺上的月季迎著稀薄的月光，似乎在沉思默想。

爺爺指著月季問道：「它現在聽話些了嗎？」然後露出一個很溫和的笑。我知道，爺爺對自己做的事情心裡有底。但是我還是回答他說：「嗯。」

我敲了敲緊閉的門，媽媽睡眼惺忪地起床來開門，一見是我和爺爺，迷惑不解地問道：「你不是在爺爺家住嗎？怎麼這麼晚回來啦？」媽媽一邊說一邊把我和爺爺讓進家裡，還不等我們解釋，她又去我的房間鋪床。

剛才在外面活動還不覺得睏，回到家裡一坐下，眼皮直打架，哈欠止不住。張了兩三次嘴，眼淚都要流出來了。爺爺也低著頭在打盹，手裡的菸頭快燒到手指了。每次到爺爺家，他人還沒有出來迎接我們，我們就能聞到濃烈的香菸味了。媽媽很討厭他抽這麼多的菸，討厭他身上濃烈的菸味。而我不同，我覺得菸味就是爺爺長輩的身分象徵，同時也是爺爺對我的關愛的象徵，我就在他的菸味中漸漸長大，我的個頭如開花的芝麻一般節節高，先在他的膝蓋部位，再到他的腰部，再到他的頸部，現在已經超過他幾釐米了。

我高中的化學老師也有一股濃烈的香菸味道，他對我也很好，因為那時我的化學成績還可以。每次上化學課，老師踏著鈴聲走進教室的時候，我總以為走進來的是爺爺。但是那個化學老師嗜酒，經常醉歪歪地站在講臺上，紅著臉斜著嘴甩著手顛著腳給我們講化學反應。雖然酒氣沖天，但他的課仍然講得有聲有色，有井有條。

這個化學老師確實才華橫溢，但是他經常抱怨自己懷才不遇，對學校的領導頗有微詞。

爺爺最大的好習慣就是從來不嗜酒，即使在酒桌上，人家敬他一杯酒，他就撅起嘴來抿一小口，然後等待好久才完全喝到肚子裡，彷彿酒是毒藥一樣會害了他的性命。

我突然來了興致，把爺爺手裡的菸頭拿掉，輕輕拍拍爺爺的背，問爺爺，為什麼你對菸這麼嗜好，對酒卻一點也不感興趣呢？由於應酬的原因，菸酒一般是不分家的，抽菸的大概都喝酒，喝酒的也會抽菸。

爺爺眨了眨眼睛說，抽菸沒事，喝酒會長酒蟲。

我側眼問道，長酒蟲？

爺爺說，是呀。前陣子捉綠毛水妖的那個水庫記得吧？

我點頭說記得。

爺爺說，再走過去一里半的路程，有一個酒井。那個井裡的水長年散發著酒香。你聽說過吧？

我回答道，這個事情我是知道的。據說，前兩年有一個小孩在放學回來的路上感到口渴了，就在酒井那裡掬了幾捧水喝了。結果沒走兩步竟然躺倒在馬路上睡著了。一起上學的同伴以為他突然發病死了，嚇得大叫。後來把他搶救到醫院，醫院的人說他喝的酒太多了，差點醉死。

爺爺點點頭，說，原來畫眉村對面的方家莊有一個胖子，特別喜歡喝酒，一次能喝下一大罈，走路腿還不打晃。這倒是小事，問題是如果他一天不喝酒，就嘴唇發乾變白，渾身無力，兩眼無神。喝水喝湯喝藥都不頂事，唯有喝酒才能緩解這個症狀。他這人又特別好酒，一喝就喝高了，也不顧下頓還有沒有酒喝。後來村裡來了個路過的和尚，和尚說這胖子的肚子裡有酒蟲。胖子不相信。和尚叫胖子張開嘴。胖子就傻乎乎地張開嘴。和尚掏出一根稻穗伸進了胖子的嗓子眼。胖子被和尚這麼一弄，嘔吐不止。開始嘔出的是水，後來嘔出一些黑色的血，最後果然嘔出了三顆蠶蛹大小的蟲。和尚走後，胖子果真不再想念酒水了，古怪的症狀也不見了。有個販酒的奸商聽到消息後，於一個夜裡偷偷跑到方家莊來，偷走了那三顆酒蟲。可是那個奸商經過水庫後，一不小心摔進了閒置的水井裡。奸商爬出水井後發現身上的酒蟲不見了。從此以後，那個井散發奇異的酒香味，長年不絕。

媽媽隔著一扇門喊道，亮仔，你爺爺的肚子裡肯定有菸蟲。

我和爺爺忍俊不禁。媽媽說床被都弄好了。我倒了些熱水，和爺爺一起洗臉洗腳，準備睡覺。

媽媽說，你睡一頭，爺爺睡一頭，不要並排睡在一起。

我問道，這又是為什麼呀？

10

媽媽扳著指頭說：「一個人就不說了，兩個人睡一字，三個人睡丁字，四個人睡一本書。」在幾十年後的現在看來，這已經不是問題了，因為三個人睡一張床的事情都很少發生了。而在那時候，家裡有個紅白喜事什麼的，總要給客人留下住宿的地方。那時候交通沒有現在這麼方便，親戚走了二三十里路好不容易一年碰到一次，自然親切得不得了。

但是現在的親戚之間似乎沒有了以往那樣強烈的親切感，也許是因為現在的交通和通信太發達，要見面太容易，所以少了那份珍惜。

客人住下來，可是家裡的床不多，於是想方設法，甚至弄出這樣一條規定來。

爺爺笑道：「你媽媽說得對。」說完抱著被子先睡下了。媽媽還沒有走，爺爺的呼嚕聲已經響起。

爺爺對媽媽的話總是言聽計從。媽媽決定的事情，他從來不表示任何異議，好像媽媽的想法就是他的想法一樣。這讓我很不解。

不過，爺爺倒確實喜歡像媽媽那樣定規矩。每次在爺爺家吃飯，爺爺都要對我說：「古代的書生一餐只吃一筆筒的飯。」意思是我想在學習上出色的話，也只能少吃一些飯。走路的時候經常叫我「抬頭挺胸，目視前方」。寫字的時候經常提醒我「一撇如刀，一點如桃」。諸如此類的事情數不勝數。

媽媽放輕腳步走了出去。

我一躺下來反而沒有了睡意。我心裡納悶，剛才還睏得什麼似的，腦袋一擱上枕頭卻不想睡了。

這次放月假雖然只有幾天，但是我越發地想念心中的那個女孩了。她的一顰一笑，舉手投足，都在我的腦海裡重複上映。我的心裡一陣苦悶，像窗臺上的月季一樣，與日俱長，卻怎麼也開不出一朵花來。我喜歡她，但是僅敢在信中表達而已，當著她的面的時候，我連頭也不敢抬。每次在學校與她迎面相逢，我總是如逃兵一樣低頭匆匆走過，假裝沒有看見她。

現在回憶當年的我時，無論如何也避免不了要提起她。她在我的心中是如此的重要，我是如此的珍惜，珍惜到無以復加。

我從被子裡鑽出來，坐在床頭，背靠枕頭，看著嘴巴微張鼾聲不斷的爺爺，看著他滿臉的皺紋，看著他緊閉的睫毛，看著他歷盡滄桑的皮膚，心想爺爺年輕的時候是不是也曾像我這樣哀愁過。

我的心情非常悲涼。我在信紙上喜歡大談特談我的捉鬼經歷。而她對此毫無興趣，她責怪我不考慮她的感受，不在乎她的想法。

我想，爺爺年輕的時候是不是跟奶奶也遇到了同樣的問題。姥爹肯定沒有遇到過，因為他在妻子死後不久便續弦。姥爹全心鑽研方術，對感情這方面沒有細膩的心思。我突發奇想，爺爺相比姥爹在方術方面相差甚遠，是不是奶奶的原因？

正在這時，爺爺咳嗽兩聲，把我的思緒打斷。爺爺咂吧咂吧嘴，囈語道：「要下雨了。」然後他翻了一個身，接著又打起了呼嚕。

「下雨？」我朝窗外望去，黑得什麼也看不清，彷彿全世界只剩下這間房子。剛才我們在外面的時候一個雷聲都沒有，怎麼會要下雨呢。我起身拉燈，然後重新躺回被窩。

在我即將閉眼的瞬間，白光照亮了整間房子，白色的牆壁在我眼前一閃，緊接著消融在無邊無際的漆黑之中。「轟隆隆」，外面的天空爆炸出雷聲。接著屋頂的瓦被雨珠敲得叮噹響。

好大的一場雨！

我掖了掖被子，陷入昏沉沉的睡眠中。

第二天吃早餐的時候，爺爺突然從椅子上滑倒在地，呼吸急促，臉上露出不健康的紅色，眼睛虛弱得如同一口氣就可吹滅的燈盞。

「怎麼了？」媽媽急忙扶起爺爺，盡量用波瀾不驚的語氣問道。可是媽媽的手已經抖得非常厲害。我見爺爺這個樣子，出了一身冷汗。

「怎麼了？」我連忙放下筷子，疾步走到爺爺的身邊。一摸爺爺的額頭，冰涼冰涼，並且有點點汗水。

「沒事的，」爺爺虛弱地說，「是反噬作用。歇歇就好了。」爺爺畢竟年老了，跟綠毛水妖用影子相鬥肯定耗費了爺爺許多精力，中間不停歇又來捉紅毛野人，身體肯定受不了。

媽媽叫我扶著爺爺，她去商店買點紅糖來沖水給爺爺喝。

「今天晚上就不要去山爹的墳墓那裡了吧。」我勸道。

爺爺捏住我的手指，氣息微微地說：「那怎麼能行！這可不是一個人的生命安全，這關乎許多人。再說，今天晚上還不一定能鬥過紅毛鬼呢。我不去的話，情況會更糟。」

「可是你的身體扛不住了。」我說。

「神靠一爐香，人靠一口氣。只要這口氣還在，我就不能打退堂鼓。」

爺爺固執地說。說完，爺爺開始劇烈地咳嗽，咳得脖子都粗了。我真擔心爺爺的肺會咳破了，連忙在他後背上輕輕地拍打。

一會兒，媽媽回來了。她倒了大半杯的紅糖，然後加了些開水沖了，一調羹一調羹地餵給爺爺喝。

在一旁看著的我不經意打了噴嚏，我感覺鼻子裡有清涕，於是用手去擤。手從鼻子上拿下來，張開手一看，滿手的鮮血！我大吃一驚！

媽媽轉過頭來看見一條蚯蚓一樣的血跡從鼻孔流出來，嚇得眼睛大睜。

「亮仔，你，你怎麼了？」媽媽用萬分驚訝的語氣問道。

我用另一隻手去摸摸鼻子，也是一攤的血水。我茫然地搖搖頭，說：「我不知道。」

爺爺喝了些紅糖水，稍微緩解了些。他搶過媽媽手中的杯子，喊道：「你快去看看孩子，給他止血。」

媽媽忙弄來涼水拍在我的後頸和手腕上，又用一根縫紉線緊緊勒住我的食指。可是仍然血流不止，紅色的血在腳下淌了一地，我感覺我的血就要流乾了。

11

媽媽回過頭來焦急地問爺爺：「這是怎麼回事啊？」

爺爺抬起手來揉了揉眼角，疲憊地說：「這應該也是反噬作用的表現吧。」

媽媽一邊給我的後頸拍涼水，一邊飽含責備地批評爺爺：「我說了你讓他認認真真地讀書不好，非得跟著你接觸那些不乾不淨的東西！你非得把自己的外孫弄壞了才甘心是吧！」

爺爺像課堂上做小動作被老師發現了的小學生一樣低頭不語。

我忙幫爺爺說話：「沒事的，沒事的。可能是上火了也說不定呢。」

媽媽狠狠地打了一下我的胳膊，責罵道：「還上火？上火能流這麼多鼻血嗎？你也是的，不好好學習，老老實實待在家裡多看看書，就知道跟爺爺弄那些東西！那是老人家的事情，你一個小孩子瞎摻和幹什麼呀？」

「為什麼是老人家的事情啊？」我低著頭讓媽媽在後頸上用力地拍打。我以前也流過鼻血，媽媽也是這樣用手沾了涼水在我的手腕和後頸上拍打，然後掐緊我的食指，掐得我連連叫痛。這樣的方法很有效。但是今天似乎例外。媽媽在我的後頸上拍了半天，我的鼻血仍然沒有停止的跡象。

媽媽說：「怎麼是老人家的事情？老人家反正命也不長了，反噬就反噬唄。」說完故意用眼睛盯著爺爺，爺爺躲避開媽媽審視的眼神。媽媽繼續說：「你就不同了，你還年輕，你出事了丟下媽媽一個人怎麼辦？」

我媽媽確實為了我和弟弟吃了許多苦，苦得她一度對生活失去了希望。

媽媽說，在她就要將農藥喝進嘴裡的時候，她想起了我和弟弟。姥爹曾經跟媽媽說過，她的八字苦，一生中有三十三難。三十難是小難，三難是大難。並且，這三個大難都是車難。姥爹臨終前媽媽已經經過了三十難，都是小難。姥爹在彌留之際拉住媽媽的手，說他閉眼前沒有看到媽媽避過三個大難，黃泉路上不安心。

姥爹顫顫抖抖地提起毛筆，給媽媽寫下了三難的大概時間。姥爹說，算八字也是不能講得太具體的，透露了天機會折壽。現在他已經要死了，不怕折壽，才將媽媽要遇到的三難時間一一告訴她，要媽媽慎之又慎。

姥爹寫到第二難的時候，突然口吐白沫，白眼一翻就去世了。爺爺哀嚎道，你何必寫出來呢！最後的一點時間都被用掉了！連遺言都沒有跟我們說！

後來，媽媽按照姥爹留下的提示，順利地逃過了前面兩個車難。

第一次臨到姥爹提醒的時間內，媽媽一直待在家裡，半腳都不出門。那幾天內，媽媽只是稍微感到身體不適。那時候買不起營養品，媽媽喝了兩大茶缸的紅糖水就對付過來了。

第二次臨到姥爹提醒的時間內，媽媽也計畫待在家裡過。可是那幾天偏偏奶奶生了一場怪病，兩隻手疼得幾乎失去知覺。爺爺用針從她手掌心裡挑出了許多黑色泥巴一樣的穢物。媽媽不得已騎著鳳凰牌的老式自行車去龍灣橋那邊買藥。

在一個下坡的路口，媽媽對面開來一輛東風牌的大卡車。媽媽的剎車突然失靈，車速越來越快。那一瞬間，車的龍頭也鏽死了一般，任媽媽用多大的力氣也擰不動，直直地有意識地朝對面的大卡車撞去。

幸虧卡車司機是個開車多年經驗豐富的老師傅。在緊急關頭，那位冷靜的老師傅急剎車。雖然媽媽的自行車還是碰上了卡車，可是相撞的勢頭明顯緩和多了。媽媽在醫院住了一個多月就康復出院了。

這次的倖免並沒有給媽媽多少安慰，因為媽媽不知道下一次車難發生的時間。這個隱患像一個隨時準備伏擊的殺手，對媽媽的安全造成很大威脅。媽媽每次過馬路都異常小心，有時對面的車還有半里路才能過來，媽媽也要耐心地等車過之後再過馬路。幸虧那個年代的農村很少有車在泥濘的馬路上賓士，所以即使媽媽這麼謹慎，也沒有耽誤多少時間。

之後的十年裡媽媽再沒有遇到危險的情況。媽媽緊懸的心隨之放鬆，多多少少有些隨意，慢慢地忘記了姥爹的囑咐。

在我上小學六年級時，爸爸決定買台農用車做生意。媽媽和舅舅都極力贊成，只有爺爺旁敲側擊地說了幾遍姥爹生前的囑咐。媽媽和舅舅都怪爺爺盡說些不吉利的話。於是爺爺唸叨幾句之後便不再多言，只在媽媽能聽到的情況下假裝對我說，為什麼這八字不能隨便跟人家算呢？就是人家遇到壞的沒有躲過就說算八字的亂說了不吉利造成的，人家小心躲過了險難的卻說八字不準。所以還是不要把八字說穿的好。

過了不到一年，媽媽果真在自家的車上出事了。一次晚上，爸爸在駕車回家的路上聽見車後有不尋常的聲音。爸爸叫坐在後面的媽媽回頭看看。媽媽在低頭探看的剎那，彷彿有一隻手拉住了她，使勁兒將她往車下拽。爸爸將車剎住的時候，媽媽已經從車底出來了，蜷縮在地上痙攣。幸虧媽媽是從車底的兩個輪子之間出來的，沒有被車輪軋到，不然後果不堪設想。

那個晚上我和弟弟很早就睡了。半夜聽到爸爸的車轟轟的聲音，我心裡莫名其妙的不舒服，有一種想嘔吐的感覺。媽媽說過，特別親的人是血肉相連的，感覺是互通的。我問過很多同學，他們都沒有這種感覺。可是我，媽媽，還有奶奶有這種連通的感覺。每次媽媽或者奶奶生病之前，我會感到渾身難受，身上的皮膚會有沙子打磨的那種癢癢。換作我生病，媽媽也有感覺。十幾年後的我在遙遠的遼寧有個發燒感冒的，身在湖南的媽媽會即時打電話過來詢問。甚至有時我的生活費不夠了而又不願意找家裡要時，媽媽也會準時將需要的錢匯到我的銀行帳戶上。

12

那晚我再次感覺有不好的事情將要發生，但是不知道我的感覺是對是錯。我靜靜地聽著車子熄火的聲音，聽見爸爸開門，聽見爸爸洗臉，而後他又走出門，然後就是一片寂靜。

我悄悄爬起來，走到地坪。爸爸孤零零地站在慘白的月光下，眼望前方。已經過了萬家燈火的時候，遠處的山和房子變得沒有了立體感，如剪紙一般。月光如霧氣一般飄浮在周圍。

我從門口走到爸爸的身後，爸爸沒有感覺到我的腳步。我害怕打擾爸爸那種凝重的沉默，輕輕地拉了拉他的衣角，心裡忐忑地問道：「爸，媽呢？她怎麼沒有與你一起回來？」我暗暗祈禱爸爸的答案是媽媽在哪個親戚家小住去了，因為我已經感覺到了不祥的預兆，我正在跟這種預兆爭鬥。

爸爸沒有回頭來看我，眼睛仍然看著虛無的前方，說：「你媽媽暫時不能回來。」然後又陷入無限的沉默中。

「嗯。」我從爸爸的回答裡不能完全判斷預兆的對與錯。看著爸爸僵硬的表情，我也不敢再問，於是拖遝著腳步回到床上。

媽媽在醫院待了一個多月。一個多月後，家裡多了半夜的呻吟聲，那是媽媽疼醒的表達方式。

在呻吟中，我們看著媽媽一天天地瘦下去。劇烈的疼痛使媽媽在短短的一個月內減少了三分之一的體重。那段時間媽媽無數次萌生自尋短見的想法。唯一使她堅持活下來的原因就是擔心我和弟弟無人照顧。她將所有的希望都寄託在我和弟弟的身上。

媽媽的生命已經和我的融合在一起了。她希望我在學習上表現優秀，認為那就是對她最好的報答。爺爺帶我到處跑的時候，媽媽是不贊成的，但是媽媽見我如此喜愛，也便不忍心干涉。

媽媽就是這樣，即使她心裡希望我做一件事情，但是我正在迷戀於另一件事情的時候，媽媽還是會全心支持我的自作主張。而我呢，一方面迷戀於自己的隨興所至，一方面又對媽媽有很深的愧疚。

當媽媽說「你出事了丟下媽媽一個人怎麼辦」時幾乎掉出眼淚來，她害怕我看見，忙把濕漉漉的手往自己臉上一擦，藉以掩飾。而我看的清清楚楚。

「你別擔心，我現在讀高中了，一個月才能回來一次，玩完了又會到學校去的。在學校的時候我認真學習不就可以了嗎？好不好？」我安慰媽媽道。

媽媽點點頭，又從盆裡沾了些涼水拍在我的後頸上。

鼻子的狀況稍微有了好轉。媽媽抽來一根結實的縫紉線，緊緊地纏繞在我的食指上。食指的指頭立即浮腫了一般，紅得發紫。

這次換作爺爺勸我了：「要不今天晚上你就不要跟著去將軍坡——」

我馬上打斷爺爺的話：「不行！我一定要去！」話剛說完，鼻子裡的血又流得厲害了。媽媽忙又在我的後頸上拍打。

媽媽心疼地責罵道：「就你這樣子了還想去跟他們瞎混？不行！今天晚上無論如何也不會讓你出去的。你老娘我今天晚上把著門，看你從哪裡出去！」

我知道媽媽話說得厲害可是不會真把我關在家裡，我說過，就是她不樂意的事情，只要我喜歡，她也會無條件地支持我。責罵只是暫時的。

媽媽要我仰躺在椅子上，這樣流血就不會那麼凶。後來上了大學我才知道，鼻子流血的時候不應該仰著，而應該讓血自然地流出。

我聽從媽媽的話，仰躺著將倒流進嘴裡的血給吞下。也不知道過了多久，我竟然以這樣不舒服的姿勢昏昏沉沉地睡著了。

我雖然睡著了，但是耳朵還能清晰地聽到周圍的每一個細微的聲響，甚至能聽見牆角的蟈蟈用腳扒開洞口的泥土的聲音。我聽見爺爺走到我的身邊，繞著我走了一圈，然後腳步聲漸行漸遠，最終消失。

然後，我聽到了許許多多的人在講話。我知道這個屋子裡已經沒有人了，爺爺出去了，媽媽出去了。但是我的耳邊響著各種各樣的聲音，有兩人竊竊私語的聲音，有女人說笑的聲音，有老人喘息的聲音，有小孩哭泣的聲音，甚至有牛哞哞的叫聲、母雞咯咯的叫聲、公雞打鳴的聲音。

這些聲音混雜在一起，像煮開了的粥似的翻騰，弄得我的頭嗡嗡的要爆炸似的。意識似乎要脫離我的身體而去。我感覺不到四肢的存在，僅剩這些聒噪的聲音。以前我在睡覺的時候也有過這樣的感覺，但是一會兒就過去了，然後陷入深沉的睡眠之中。但是從來沒有這次這麼強烈過。

我就這麼一直處在這樣的狀態之中。屋外間或聽見媽媽或者其他人說話的聲音。他們的話混雜在這些聲音之中，雖然能辨別出來，但是聽不清他們在講什麼。後來似乎聽見了筷子敲到碗的清脆的聲音。

腦袋沉甸甸的，似乎要從椅子上掉落下來。我使勁地往上一抬頭，居然從這樣渾渾噩噩的狀態中醒了過來。眼睛癢得如同被濃煙燻了一樣，四肢發軟。口裡發出一股難以接受的氣味。

看看窗外，已經暗了，心頭一驚。一陣冰涼從腳底傳到頭頂，人不禁打了個冷顫，頓時清醒了許多，但四肢仍然乏力。

我支撐著身子走到廚房。媽媽正在用絲瓜瓤洗碗。我揉了揉眼睛，看東西十分吃力。我打了嗝，肚裡咕嚕咕嚕的一陣叫喚。

「你們吃完晚飯了？」我捂著肚子問道，「怎麼不叫我？」

沒等媽媽回答，我將屋裡掃視一周，發現爺爺不在，急忙問道：「爺爺呢？爺爺去了將軍坡嗎？」

媽媽邊洗碗邊答道：「剛才看你睡得太香了，沒忍心叫你吃飯。飯菜都給你留在碗櫃裡了。快去吃點吧。」

我確實很餓了，連忙打開碗櫃，迅速向嘴裡扒拉飯粒。

13

「爺爺去了也不叫我一聲？」我嘴裡含著飯粒氣沖沖地問道。

「是你爺爺的意思，他心疼你，他不要你去。」媽媽說。

「他不要我去？」我不相信地問道，「剛才我睡不醒也是他弄的吧？難怪剛才我睡得這麼不舒服。」

人本身就是有靈魂的東西，所以有少許的方術也可以對付人。姥爹曾經用嗜睡方術對付過駐紮在常山頂上的日本鬼子。一個團的日本兵駐紮在那裡，使喚抓來的壯丁淘金。現在的常山上還有許多廢棄的金礦，不過金子已經被淘乾淨了。「對門屋」曾經有兩個小孩子在常山頂上玩耍的時候掉進去過，一個救上來了，一個摔死了。

姥爹以前讓一個看守他們的日本兵睡著，叫也叫不醒。然後姥爹帶著幾個畫眉村的壯丁逃出來了。

現在畫眉村還有當時逃出現在還活著的老人。那老人講到這個事情時，我就想過爺爺會不會這個方術。今天看來，爺爺學到了嗜睡方術。

我瘋狂地扒完碗中的剩飯，急匆匆打開門，在夜色之中急速跑向將軍坡。

等我跑到將軍坡的時候，他們已經跟紅毛鬼打起來了。選婆躺在地上打滾，他的手腫成平常人的三倍那麼大。其他人正舉著扁擔鋤頭跟紅毛鬼對抗，叮叮噹噹地響成一片。紅毛鬼想退到墳墓中，可是洞眼被爺爺之前插在裡面的扁擔擋住。看來爺爺事先料到了紅毛鬼會回到這個洞眼。

紅毛鬼急躁地搖晃插在洞眼裡的扁擔，可是扁擔彷彿長了根一樣紋絲不動。這個時候我就幫不上忙了，只能在一旁乾著急。我在人群裡尋找爺爺的影子。

爺爺正在鼓搗一個布包。布包裡不知道裝了些什麼東西。他把布包遞給一個壯實的男子，又湊在他耳邊大聲地說些什麼。由於周圍太吵，我聽不見爺爺給那人交待了什麼。

那個壯實的男子抖抖瑟瑟地接過布包，兩腿篩糠似的抖，緩緩挪向急躁的紅毛鬼。爺爺則跑到墳墓的另一邊，與紅毛鬼隔墳相望。紅毛鬼盯著爺爺看了片刻，抓起一塊大石頭砸向他。爺爺閃身躲過。

爺爺順勢半跪在地，口中默唸咒語，左掌用力打在地上。從我這個角度看去，爺爺的半邊身子被墳墓遮住，但是臉高過了墳頭。他的臉彷彿被水泡久了一般顯示出難看的魚肚白，分明反噬作用還沒有完全恢復。

爺爺的左掌擊在地面半分鐘後，墳墓開始冒煙，濃濃的青煙。那種煙如堆積太久腐爛自燃的爛草葉，發出反胃的氣味。眾人忙停止對紅毛鬼的打擊，紛紛捂住鼻子。拿著布包的壯實男子尋機走到人群前面，將布包拆開，將裡面的東西撒向紅毛鬼。撒出來的是灰塵，有些蜘蛛絲將灰塵連成一串。原來是爺爺交待過的屋樑上收集的舊灰塵。

周圍的人們剛剛被青煙的氣味燻得半死，又被這一陣陣年老灰嗆得難受，咳嗽聲間或不斷。

由於這個撒灰的人太緊張，灰多半騰起在以手為半徑的周圍，只有為數極少的灰塵黏在了紅毛鬼的身上。

灰塵落到紅毛鬼的哪塊皮膚上，哪塊皮膚就迅速糜爛，發出跟青煙一樣的燻鼻的氣味，甚至比青煙更甚。紅毛鬼兩手抓住洞眼裡的扁擔，撕心裂肺地嘶吼！吼聲震徹山谷！

紅毛鬼使盡全力拔那個扁擔，「啈」的一聲，扁擔竟然被它拔斷了！半蹲在地的爺爺目瞪口呆。扁擔不是被折斷的，而是被它拔斷的，可以看出它的力量爆發到了什麼程度。剛才的灰塵使它在劇烈的疼痛中爆發了！

它揮舞著半截扁擔朝人們打過來。

三個站在人群前面的人舉起鋤頭架擋。紅毛鬼朝他們手中的防衛武器猛擊過去，三個人同時大叫！

三把鋤頭同時飛了出去，在五六丈的地方落地。三個人張開手掌嚎叫，三個人的虎口全流出鮮紅的血。他們的虎口都被紅毛鬼強大的力量給震裂了！

紅毛鬼看見鮮血，異常興奮。它圓睜眼睛，眼光開始變色，居然發出微弱的紅光來，並且那微弱的光迅速變強，最後如手電筒發出的光一樣！

「快散開！」爺爺半蹲著大喊，手掌仍按住地面。

可是來不及了，紅毛鬼舉起半截扁擔又朝人群揮去。兩三個人應聲倒地。其他人如炸開了的螞蟻窩一樣散開。紅毛鬼彎腰抓起地上的石頭朝散開的人群一頓亂扔，有人腦袋被擊中了。

紅毛鬼舉起扁擔，面朝月亮大吼。月光照在它的臉上。我清晰地看到，它的汗毛都豎立起來！紅色的一根根，如生了鏽的鋼針！原來的山爹乾乾瘦瘦，皮膚直接貼在骨頭上。可是現在的紅毛鬼壯健得如同一頭牛，手臂大腿的肌肉鼓起來。它異常興奮！張開吼叫的嘴裡可以看見黑色腐爛的牙齒。

復活地唯一不能使屍體重新開始新陳代謝的地方就是牙齒。即使是活人，牙齒壞了也只能用其他合金補上，自身不能夠修復。所以紅毛鬼唯一腐爛的地方就是牙齒。正是因為這樣，紅毛鬼的牙齒毒性極大，不遜色於一般的毒蛇。

它齜著牙朝人們撲過去。它電筒一般的眼光向四散的人掃射，尋找要獵殺的目標。不知是誰喊了聲：「快朝山下跑啊！」人們慌亂地跟著跳躍著尋找小徑朝山下狂奔。沒有人敢走寬大的山路，因為他們都知道紅毛鬼發瘋的時候最愛在寬直的路上橫衝直撞。

選婆已經顧不得疼痛，爬起來就跑。我正要過去扶起爺爺，爺爺揮著右手喊道：「亮仔，快跟他們跑！」我忙返身跟著人群朝山下瘋跑。雜草野藤不時打在我的腿上，像一隻隻拉住我腳的手。

紅毛鬼更加興奮，跟在後面死追。它一邊奔跑一邊掄起石頭朝人群亂砸。

從將軍坡和常山交接的地方跑下來，山腳邊是一條馬路，馬路直通「對門屋」。眾人慌不擇路，立即朝「對門屋」方向逃跑。

14

眾人跑到村口的時候，選婆大聲喊道：「大家別跑了！難道你們想把紅毛野人引到家裡去嗎？」

他這一喊，人們立即刹住腳。

「聚集到一起來！聚集到一起來！」選婆喊道，「我們再齊心合力來一次，爭取把它打退到山上去。絕不能讓它進村子。」

大家剛站住，迎面走來一個四五十歲的婦女。她胖得像個圓球，彷彿從後面一推便可以在路上滾起來。但是人們看見她的時候並不會先注意她胖得過分的身材，因為她的嘴唇更加引人注目。

選婆的手電筒就照在她的嘴唇上。那是一個怎樣的嘴唇呵！她的嘴唇佔了整個臉的面積的三分之一！並且那嘴唇紅得滴血！像被人摑了一萬個巴掌腫起來似的。

她一說起話來比打雷的聲音還大：「跑什麼跑呢！這麼多人在一起就是天塌下來也不怕了嘛！何況是一幫大男人呢！」

選婆丈二和尚摸不著頭腦，搞不清這個婦女是哪裡的人。選婆愣了一下，懦弱地回答道：「有個紅毛野人正在追我們呢。」

「紅毛野人？綠毛野人，黑毛野人，白毛野人我都不怕！」那個陌生的婦女劈裡啪啦的一陣大喊，嘴巴像爆竹一般。我的耳朵被她的聲音震得發麻。

「那個紅毛野人是山爹復活過來的呢。你也不怕？」選婆低聲問道，眼睛不時瞟向將軍坡的樹林。那邊傳來樹沙沙的聲音，那是紅毛野人接近的聲音。眾人腳輕輕點地，準備在紅毛野人一出現的瞬間就馬上逃跑。

那個婦女用爆炸一般的聲音憤怒地回答道：「山爹？他生前不是挺厚道老實的一個人嗎？死了就撒野？」

選婆用力地點點頭。

那個婦女一副打抱不平的氣勢，生氣地擼起了袖子，肥嘟嘟的臂膀都露了出來，嘴裡罵罵咧咧：「他媽的，死了有什麼了不起的？我兒子女兒丈夫都死了，我活著比死都難受。我都沒有撒野，他山爹還敢撒野！？」

選婆要笑，卻不敢當面笑出聲，只好用手緊緊捂住嘴巴悶聲地笑。其他幾個人也像選婆一樣笑起來。那個婦女鄙夷地瞥了一眼幾個笑的人，雙手叉腰面對將軍坡。

這時，手電筒一樣的紅光在樹葉中透射出來。不一會兒，紅毛野人出現在眾人眼前。紅毛野人呼吸如牛，仍不知疲倦地掄著半截扁擔，嗷嗷嚎叫。

紅毛野人看見眾多男人的前面居然站著一個雙手叉腰氣勢洶洶的婦女，不禁一愣。扁擔在半空中停止運轉。

「你是山爹，是吧？」婦女昂起頭撇著嘴問紅毛野人道，一副黑社會老大的樣子。

「山爹？」紅毛野人若有所思地跟著婦女說道。

「我聽說過你，知道你挺可憐。兒子妻子都變成水鬼了。可是比起我來這算得了什麼？」婦女語氣激昂地教訓道，彷彿一個軍隊教官正在責罵一個新兵蛋子。

「兒子？水鬼？」紅毛野人皺眉問道。它的腦袋裡似乎還存有殘留的關於它兒子的資訊。

「是啊。你兒子落水死了，變成水鬼了。你妻子也是，你自己也是！」婦女的語氣越來越激烈，似乎要向誰控訴什麼。「可是這算什麼！對比起我來，這都不算什麼！」

「兒子？水鬼？」紅毛野人一動不動地站在原地，不斷地重複嘴裡的這兩個詞語。

那個婦女繼續用控訴的聲音喊道：「可是我的兩個兒子三個女兒，還有丈夫都死了！死有什麼了不起的？我還想死呢！我還願意讓他們中的誰活著，我去替他們死呢！山爹你告訴我，死有什麼了不起的？！死了就能撒野嗎？

啊！你告訴我！啊！」

婦女翻騰著她兩瓣特厚的嘴唇，唾沫星子到處飛濺。

選婆見紅毛野人正在想別的問題，悄悄走到那個婦女的背後，拉拉她的衣袖，低聲道：「快趁機跑了吧，你不怕死嗎？」

那個婦女一甩手，繼續大聲罵道：「我怕什麼死？我活都不怕，我怕什麼死？啊！你說我怕嗎？我不怕！」

紅毛野人把眼光對向對面的婦女，紅色的光束照在她的臉上，像剛才選婆的手電筒照在她臉上一樣。

紅毛野人似乎要詢問對面的婦女：「活？死？我死了？我活了？」我感覺到紅毛鬼正漸漸將殘留的記憶畫面鏈結起來。它可能想起了它死去的兒子，想起了它死去的妻子，它也許還想起了死去的自己。山頂響起一陣「嗚嗚」嗚叫的怪風。我記起爺爺還在墳墓後面。

選婆喃喃自語道：「哎呀，馬師傅好像還在上面呢。」說完拿眼對我瞅了一下。我點點頭。但是現在我們誰也不敢挪動腳步，不敢驚擾紅毛野人暫時的寧靜，生怕它立即恢復了瘋狂的狀態。

那個婦女接著對紅毛野人大罵：「是的。你死了，你兒子也死了。但是你復活過來了，變成了人不像人鬼不像鬼的紅毛野人！」

「紅毛野人？」它自己問自己道。臉上表露出難以理解的神情。

那個婦女用更大的聲音責罵它：「是呀。你有個復活地，你可以死了復生。可是你兒子呢？你兒子不但屍體都沒有，連個衣冠塚都沒有！你兒子死無葬身之地呀！你沒有忘記吧，你兒子死後連個屍體都沒有找到！連自己的兒子都管不住，你還到這裡兇什麼兇？你害不害臊啊你！」那個婦女罵到痛快之處，伸出手來指著紅毛鬼通紅的鼻子罵。

紅毛野人似乎是慌張了，往腳下的四周亂瞅，嘴裡不停地唸叨道：「我的兒子？我的兒子在哪裡？我的兒子？」

那個婦女抹了抹嘴巴邊上的口水，狠狠罵道：「你兒子死了，變水鬼了，沒有屍體了，連墳墓都沒有！」

紅毛野人將眼睛抬起來，重新盯著對面的婦女，愣愣地看了半天。

15

婦女對紅毛野人的動作表示鄙夷，她似乎看誰都用這個鄙夷的表情。她上下打量紅毛野人一番，嘲笑道：「看什麼看？你兒子就是沒有葬身之地。又不是我說成這樣的？事實本身就是這樣！」

「兒子沒有了？」紅毛野人丟掉手中的扁擔，攤開雙手向婦女問道。

「你還在我面前裝傻？」婦女歪起嘴角嘲笑它。

「兒子沒有了？」紅毛野人的眼神頓時變了，兇惡的眼神不見了，它轉而用渴求的眼神看著這個兇巴巴的婦女。

婦女似乎對山爹的身世起了同情。她嘆了口氣，語氣弱了許多，語速緩慢地回答道：「是的。你的兒子沒了。你連他的屍體都沒有找到，他就是成了鬼也做不了你的兒子了。」

一瞬間，紅毛野人的眼睛發出的光漸漸黯淡下來，轉而出現的是大顆的眼淚，如牛眼淚一樣大小，砸在腳下的地面。

紅毛野人衝到婦女面前，一把抓起婦女的手。

我們的神經立即緊張起來。紅毛野人要幹什麼？它要殺了這樣羞辱它的婦女嗎？它要幹什麼？

那個婦女也被紅毛野人這個突如其來的動作嚇了一跳。

紅毛野人久久地抓住婦女的手。我們大氣不敢喘一聲。婦女也癡呆而驚恐地看著面前的紅毛野人，手足無措。剛才的神氣一下子消失得無影無蹤。我看見她的手在拼命地抖。周圍的人悄悄握緊了手中的鋤頭和扁擔，準備在突發情況下挽救這個兇悍的婦女。雖然很多人不知道這個婦女是哪裡人，為什麼剛好經過這裡。

紅毛野人先是大顆大顆地掉眼淚，接著變成無聲的抽泣，然後變成嚶嚶的哭泣，最後「哇」的一聲大哭出來，傷心欲絕的哭聲。它在婦女的面前跪了下來，雙手緊握她的手，彷彿要在她的手上找到安慰。

紅毛野人越哭越傷心，最後竟然鬆開婦女的手，在地上打起滾來，哭得肝腸寸斷。

看來是婦女的話讓它記起了兒子死去的事情。

眾人擦了一把冷汗。

這麼多大老爺們對付不了的事情，竟然被面前這個陌生的潑辣婦女擺平了。

我和選婆立刻上山去找爺爺。只見爺爺側躺在原來的地方，氣息微微。

選婆扶著爺爺坐起來，輕聲道：「您這是怎麼啦？」爺爺張了張嘴，說不出話來。我代替爺爺回答道：「這是反噬。施法對施法者本身有一定的反噬作用。」

「您施啥法了？」選婆問道。爺爺抬起軟綿綿的手指著山爹的墳墓。我們看去，這才發現墳墓發生了變化。原來墳墓上的泥土是黑色的，現在變成了黃色和紅色，墳頂上的部分泥土甚至變成了白色，像曬乾了的沙土一樣。

我似有所悟，問道：「爺爺，你把狗腦殼墳聚集的精氣釋放出來了？」爺爺吃力地點點頭。

選婆問道：「您還花這麼大力氣幹什麼？紅毛野人都已經出來了，誰還會把死人葬在這裡呀？」

選婆不知道的是，復活地對人對動物都有影響。活人在裡面待久了會生病，當然就是傻子也不會鑽到墳洞裡面來。但是誰家的貓或狗鑽到這個洞眼裡來，待個一時半刻的，這貓或狗的性質就會大變，見人就咬，被咬的人三五日之後便會得「寒症」而死。「寒症」的初期表現是傷口發炎，被咬者產生幻覺，以為咬他的貓或狗還在追著他咬，他的瞳孔會變大，表現出極度的恐懼。中期表現是關節疼痛，傷口進一步惡化。最後身體蜷縮，渾身發抖，手腳冰涼，呼吸停止，與凍死的人表現一模一樣。所以人們稱之為「寒症」③。

爺爺要將墳墓裡聚集的精氣全部釋放出來就是出於防範的目的。

我們扶著爺爺從將軍坡裡走出來。紅毛野人還在地上打滾哭嚎。眾人圍著觀看，指指點點。

「那個婦女呢？」選婆眼睛在人群裡找尋。

我朝人群裡看去，果然不見了剛才那個婦女。

選婆抓住一個人問道：「剛才罵它的那個婦女呢？哪裡去了？」被問的那個人轉頭左邊看看右邊看看，一臉茫然地說：「剛才不還在這裡的嗎？」

選婆憤然道：「我知道她剛才在這裡。我是問現在她到哪裡去了！」

「哪高去了？我也不知道啊。你問我，我問誰去？」那人仍把注意力集中在紅毛野人身上。

「怎麼回事？」爺爺指著地上打滾的紅毛野人問道。他都被眼前的情景迷惑了，用不敢相信的眼神盯著選婆問。

選婆忙將剛才嘴唇特厚的婦女責罵紅毛野人的事情簡單地複述了一遍。

「我知道了。她是無紋娘。」爺爺弱弱地說。

「吳文娘？」我以為爺爺說的是那個婦女姓「吳」名「文」。

「這裡沒有姓吳的人哪。」選婆和我有同樣的疑問。

爺爺解釋說：「是掌心無紋的無紋。不是姓吳的吳。我也不知道她姓什麼名什麼。只聽說過這個人生下來掌心沒有紋路，是天生八字大惡的人。後來她丈夫、兒子、女兒都一一得病暴亡，只剩下她一個人。她埋完一家人後變成了瘋瘋癲癲的人，清醒的時候想起親人就大哭大嚎，糊塗的時候不認得人不認

3.寒症：寒邪侵襲，或陽虛陰盛，以惡寒，或畏寒，肢冷喜暖，口淡不渴，面白踡臥，分泌物、排泄物清稀，舌淡苔白，脈緊或遲等為常見症的寒性症候。

得路，到處亂跑。可能她剛好今晚經過這裡，碰到了紅毛野人。你別看她說話好像沒有錯誤，但是腦袋裡的神經已經亂成一團麻了。如果旁邊有雞糞的話，你們馬上可以看出她的不正常。」

「她對雞糞敏感嗎？」選婆問道。

「不是，」爺爺說，「她看見雞糞就會撿起來吃掉。她們那塊地方的人不忍心看見她這樣，方圓十幾里的人都不養雞。所以那個地方的雞蛋價格比我們這裡要高五毛多。」

「原來是這樣啊。」選婆嘖嘖道。

「你也不用找她，誰知道她瘋瘋癲癲現在跑到哪裡去了！」爺爺說。

16

選婆朝路的盡頭望去，眼睛裡生出無限的感慨：「哎，這樣一個女人……」

「我們要不要趁機殺了這個紅毛野人？」選婆收起憐惜而感慨的眼光，轉向地上打滾哭泣的紅毛野人說。

爺爺說：「不用了。」

爺爺當時就說了這三個字，卻不再做過多的解釋。

不過，第二天早晨，村子裡的人們醒過來的時候，紅毛野人的哭聲已經止住了。它看見人們不再追趕，只是傻呵呵地笑，並無惡意，但是傻得讓人迷茫。村裡的人對它仍有戒備之心，特別吩咐小孩子不要接近它。

一次，選婆拖著一輛板車經過將軍坡，板車上裝了紮紮實實一車的木材。

選婆喘著粗氣拖著板車上坡時，紅毛野人突然從旁邊的草叢裡鑽出來，頭頂上頂著一團爛草，把選婆嚇了一跳，差點把板車放下逃跑。

選婆咽了一口口水，結結巴巴地問道：「你，你在這裡幹什麼？」

紅毛野人嘴裡叼著一隻咬傷的麻雀，嘿嘿傻笑地看著他，看得選婆心裡發麻。

選婆舔了舔乾裂的嘴唇，說：「上次在將軍坡，我可是沒有打你哦，你別找我算賬哦。我剛接近你就被你打倒在地了，手腫得比平時大了好幾倍呢。我都沒有找你算賬，你也不許找我。」選婆說完低頭使勁地拖板車，可是沒走兩步，腳底一滑，幾乎跌倒。

紅毛野人一把抓住板車的把手，板車才沒有從坡上滾下去。它繼續嘿嘿地傻笑，像中了舉的范進。

選婆放開把手，乾脆一屁股坐在了地上。他抬頭看著紅毛野人說：「你要怎麼的？」

紅毛野人一手抓住把手，一手伸向選婆。選婆嚇得連連挪動屁股後退，驚恐道：「我說了上次我沒有打你，你找我幹嘛？」

紅毛野人並沒有傷害選婆，手在選婆的胸口停住，中指一勾一勾的像是挑逗他。

選婆惱羞成怒了，扶著板車爬起來，紅著脖子怒喝道：「別以為老子怕你！我叫一聲就會來幾個人的，你不怕再被打一頓嗎？」

紅毛野人根本不聽他的話，手指仍指著他的胸口一勾一勾，似有所求。

選婆低頭看看自己的胸口，上衣的口袋鼓鼓的，裡面裝有一包香菸。選婆指著自己鼓鼓的口袋，用疑問的眼神問紅毛野人道：「你的意思是，是要我的菸嗎？」他邊說邊從口袋裡抽出一根香菸來。

紅毛野人見了香菸，興奮得直跳，臉上露出欣喜。選婆懂了紅毛野人的意思，原來它在找他討要香菸。山爹生前和爺爺一樣嗜好抽菸。

選婆遲疑著將手中的香菸遞給紅毛野人，手哆哆嗦嗦的。紅毛野人的手像閃電般閃過，一下子搶過選婆手中的香菸，迅速放在嘴上叼起，一臉的得意。選婆被它的舉動逗得「撲哧」一聲笑了出來，心情放鬆了不少，膽子也更大了。

他指著紅毛野人嘴上的香菸說：「這樣叼著不行的，還得點燃呢。」說完做出劃火柴的手勢。紅毛野人愣愣地盯著他看了半天，不懂他的意思。選婆不敢在紅毛野人面前劃燃火柴把它嘴上的菸點上。因為他知道，很多鬼是怕燃火的。但是它們不怕暗火，比如木炭火，比如香菸頭上的火。

選婆自己抽出一根菸叼在嘴上，轉過身去劃燃火柴。紅毛野人果然被突然的一亮嚇得一驚，臉露驚恐地看著選婆，以為選婆要傷害它。它一巴掌打在選婆的腰上。選婆剛把火柴接近香菸，不料被紅毛野人這突如其來的一擊打倒在地，哎喲哎喲直叫喚。紅毛野人的氣力異常大，這一下夠選婆受的了。

紅毛野人拖著沉重的板車走到選婆面前，臉露兇惡，哇哇手舞足蹈，嚇唬選婆，意思是叫選婆別自不量力。選婆躺在地上抱怨道：「我的祖先呀，我不是要燒你啦。我是點燃了菸給你抽啊！」說完忍痛爬起來，將紅毛野人嘴上的菸抽下，然後將自己點燃了的香菸插進它的嘴裡。

紅毛野人瞪著燈籠大的眼睛，對選婆的動作表示懷疑。不過選婆把點燃的香菸插進它的嘴裡的時候，它顯然聞到了久違的香菸味道，欣喜非常。眼睛也不再瞪得那麼兇悍了，立即瞇成一條線。它被這奇怪的香味陶醉了。

選婆做出一個吸菸的動作，打著手勢對紅毛野人說：「像我這樣吸氣，吸，吸。」紅毛野人果然做出一個吸的動作，菸頭驟然一亮。選婆又教它吐氣。紅毛野人學著吐氣，繚繞的菸霧從它的嘴巴裡冒出來。

選婆立即朝它伸出一個大拇指。紅毛野人得意地笑了，猛烈地吸菸吐菸，十分高興。它的肺活量太大，香菸沒吸幾下就燒到菸屁股了。菸頭燙到了它的手。它觸電似的抖手將菸屁股扔了。然後它又朝選婆伸出一隻手，那隻手仍死死拉住板車。一千多斤的木材就被它這樣輕易地拉著。

「還要？」選婆指著自己的胸口對它問道。紅毛野人連連點頭。

「你得幫我把這車柴拉到家裡去，行嗎？」選婆揉揉剛剛被它打傷的腰，比畫著跟它說，「把這個柴，你看，這車上的柴，拉到我的家裡去，我的家裡，知道不？你把我的腰打傷了，我拉不回去啦。」

紅毛野人呆呆地看著選婆，一動不動。

選婆咂咂嘴，說：「你看，我的腰傷了，拉不動車了。你幫我拉回去，我把這一包菸都給你，一整包哦，都給你。」選婆在它眼前晃著那包菸。

紅毛野人明白了他的意思，馬上提起板車的把手，將板車拉得飛快。選婆忙在後面追，一歪一歪的，單手捏著腰部。

17

選婆要紅毛野人拖板車的事情傳出來之後，村裡的人都紛紛仿效，但是按慣例，都要給紅毛野人一包香菸。不給菸，它是不會給任何人做體力活的。如果你有一擔稻穀挑不動了，只要將香菸包裝盒在它眼前晃一晃，然後指著稻穀擔子，它就會興奮地跑到稻穀擔子前面，把稻穀挑起來。然後，你只需吹著輕鬆的口哨或者山曲領路了。

對它來說，做任何體力活都不重，一路小跑，輕鬆極了。做完體力活後，它也挺會享受。它會找塊乾淨的地方坐下來，小心翼翼地掏出累積的香菸來，極其小心地劃燃一根火柴，因為它稍用力，火柴便斷了。它像一個在繡花的姑娘，面帶寧靜或愜意，全心地投入。點燃香菸後，它將香菸放到嘴邊，緩緩地吸，吸的時間比一般人要久很多，然後舒服地吐出菸霧，菸霧也比一般人要多很多。因此，它的一包菸用不了多久。

在選婆的指導教育下，它知道了怎麼回它生前的家裡，到了晚上就回到那裡休息。睡覺打呼嚕的聲音整個村子都能聽見。後來選婆花了幾條香菸，才將它教會睡覺前要用兩個手指插在鼻孔裡，這樣晚上就沒有聲音干擾大家了。

它不再偷吃村裡的家禽了。在人家過年過節，殺豬宰雞的時候，它會神不知鬼不覺地將動物的內臟拿走吃掉。這一點大家開始不能接受，教育了多少遍可是不奏效。後來人們漸漸習慣把它當作村裡的一條大狗，甚至有人在殺了牲畜之後，喊聲「紅毛」，順手將內臟扔在屋前的地坪。紅毛鬼聽力異常好，不管村裡哪個角落有人喊聲「紅毛」，它都能聽見，立即迅速來到喊它的人跟前。所以不一會兒，紅毛鬼便會來到地坪，將地上的動物內臟舔個乾乾淨淨。

它身上的紅毛越來越長，越來越厚，它自己也懶得打理。我們「後地屋」的四姥姥主動擔當了給它剪毛髮的重任。因為只有四姥姥可以讓它乖乖就範，而其他人拿著剪刀一接近它，它就會做出威脅的表情，不讓人靠近。四姥姥自告奮勇走近紅毛鬼，紅毛鬼乖乖地低下頭。四姥姥在溫暖的陽光下給紅毛鬼剪毛，一邊剪一邊絮絮叨叨，講些旁人摸不著頭腦的句子。不過那些看似無用的句子對紅毛鬼似乎很奏效，它會安安靜靜地等到四姥姥收起剪刀。

但是它的毛長得飛快，一個星期不剪，它的紅毛就會長到兩個手指那麼長。毛茸茸的看起來像一隻肥胖的羊，不過羊沒有紅色的毛。所以四姥姥家的剪刀用不了多久就要磨一次。十幾年前，補鍋的，買針線的，收頭髮的，捉螞蟻的，還有磨剪刀的常常穿梭在各個鄉村之間，用各種口音吆喝著。這千奇百怪的聲音打破了村子的寧靜，同時也豐富了村子的生活。不論是什麼樣的小販，只要在村子裡一吆喝，各家各戶的閒人便趕出來看，也不管是不是自己需要。眾人圍在小販的周圍，不買東西站在旁邊看，買東西的也要抓住機會東挑西選，行為頗像現在的人在超市購物。

從此，磨剪刀的到了這個村子，不用吆喝，先到四姥姥家裡去。其他要磨剪刀的人也不用站在家門口等，拿了自家的剪刀直接去四姥姥家。有的求方便的人，剪刀鈍了便直接交給四姥姥，等磨剪刀的來了一起磨好再拿回來。四姥姥是很好說話的人，可是這個事情不同意，一定要磨剪刀的來了再拿來，磨好了立即取走。

四姥姥說，家裡的剪刀多了不好，這是忌諱。剪刀多了人容易得怪病。

別人想深問，她卻不再作答。人家問她給紅毛鬼剪毛的時候說了些什麼，她一樣不作答，一臉詭異。

我想，也許歪道士不大與周邊的人交往也是由於這個原因吧。認識的人多了，難免問這問那。而他不好給人家一一解釋，乾脆少跟別人接觸了。提到歪道士，我才猜想他現在有沒有下樓來。那個討債鬼是不是還纏著他。如果他一直待在樓上，破廟裡收進的鬼們會不會關不住？會不會跑出來害周邊的居民？那個白髮的女人到底跟他是什麼關係？

如果歪道士看見了我們村裡的紅毛鬼，會不會大吃一驚？他會不會猜想這個抽香菸吃內臟的紅毛鬼的來歷？他會不會將這個已經安靜下來的紅毛鬼也收到他的破廟裡去？當然了，這些都是我一廂情願的猜想罷了。也許歪道士躲在他的小樓上根本沒有辦法脫身呢。討債鬼可不是一般難纏難處理的鬼。

爺爺在我家多待了幾天，靜靜地觀察紅毛鬼的變化，見它確實已經跟平常的動物沒有差別，便回家打理水田去了。

這時一個別的宿舍的來找人，敲門聲將我們從故事的氛圍中拉回現實。

湖南同學趁機道：「碰得好不如碰得巧。我都不知道從哪裡結束了。剛好，今天先講到這裡吧。」

被門外人叫到名字的同學還意猶未盡：「這麼兇悍的紅毛鬼，怎麼就落得一個聽人使喚的落魄下場呢？」

湖南同學笑道：「每個人都有最為軟弱的地方。對於紅毛鬼來說，它的軟肋在於兒子的死亡。一個男人最大的轉變往往發生在初為人父的時候。兒子的誕生，可以使一個剛強的男人變得溫柔，也可以使一個懦弱的男人變得剛強。而兒子的死亡，可以使一個懦弱的男人變成魔鬼，也可以使一個魔鬼變成凡人。」

兒比篆天

18

零點零分。

「你們聽說過哪個兒子比爹的年齡還大嗎？」湖南同學的嘴角帶著一絲詭異的笑。今天晚上他顯得比平常要興奮。

我們搖頭。

「做兒子的怎麼可能比爹大呢？除非不是親生的。」一個同學嘟囔道。

「不是親生的那還問什麼呢？那就太常見啦。我的意思就是親生的。」

我們一臉茫然。

湖南同學拍著巴掌道：「好吧。不賣關子了，我來講給你們聽吧……」

我整理了一些東西帶到高中的學校去，其中包括那個月季。

但是，我還帶了另外一個東西。那個東西我打算送給我喜歡的那個女孩子。我要把那個東西夾在信紙裡，一齊送給她。我相信那個東西可以給她帶來驚喜。

去學校的頭一天晚上，媽媽在我耳邊不停地嘮嘮叨叨，說什麼我一生下來姥爹便說我是才子，有讀書上進的命，說弟弟的八字是三龍出水，是做土匪的命。媽媽說她一生的希望全寄託在我的身上了。雖然我很理解媽媽的良苦用心，可還是忍受不了她停不住的嘴巴。

那時我不相信姥爹的話，我從來沒有考慮過要考什麼樣的大學，就像初中時從來沒有想過要升高中。我從頭到尾都是隨遇而安的人。

我整理書包的時候，幾個銅錢漏了出來，在桌子上相互碰觸出清脆的聲音。媽媽驚訝地看著稍稍有了些鏽跡的銅錢。我想掩飾已經來不及。

「你這些古幣是哪裡來的？」媽媽拿起其中一枚上下翻看。三枚銅幣下面壓著一枚銀幣。銅幣都是清朝時期的，圓形方孔，象徵著天圓地方，上面寫著「嘉慶通寶」、「康熙通寶」等等。銀幣比銅幣稍小，中間沒有孔，正面刻有一個美麗的女子，髮髻高挽，滿面笑意，胸部豐滿。這是一個半身像。反面則是光滑的平板，沒有任何雕飾，也沒有任何字。這也是我覺得奇怪的一方面，做這個銀幣的人把前面雕刻得這麼精細，為什麼就不能花點時間將背面也修飾一下呢？不過這並不影響它的美觀，是送給心愛的人的好禮物。

而媽媽拿的那枚正是銀幣，是我想要送給我喜歡的那個女孩的禮物。

我支吾支吾沒有回答。媽媽又問道：「你這些古幣是哪裡來的？」

我翻弄書包，假裝沒有聽到。

媽媽放下銀幣，煞有介事地問道：「這個古幣是不是從爺爺家裡拿來的？」說「拿」其實是為了讓我聽起來覺得舒服一點，因為我是在沒有詢問爺爺的情況下私自將它拿出來的。它原來放在衣櫃頂上的一個花雕桃木盒子裡。

我小的時候，村子裡到處都是各種銅錢。有的掛在鑰匙鏈上做裝飾，有的頂在房樑上保吉利，有的甚至做墊片墊在擰緊的螺母下。那時人們不稀罕這玩意。後來這些東西越來越少，才開始有人覺得有收藏的意義。於是有心的人將已經少之又少的剩餘古幣從鑰匙鏈上卸下來，從房樑上翹下來，從螺母下擰出來。甚至有的人願意用紙幣來換了。

就像門前的兩個石墩一樣，爺爺是不願意將家裡的有歷史的東西換成紙幣的，他寧願自己留在家裡，寧願被我拿去玩然後遺失也不賣。

「這是從爺爺家拿來的嗎？」媽媽再三問道。

我點點頭。我不敢回答並不是因為沒有經過爺爺的允許將古幣拿來了，因為如果詢問爺爺的話爺爺百分百會答應，我不敢回答是因為擔心媽媽知道我要把它送給別人，特別是送給我喜歡的女孩子。

換作現在，我根本不用擔心媽媽知道，因為我從來沒有跟她說過我已經喜歡上了一個同校的女孩子，她不可能知道。但是那時年少的我就是喜歡擔心一些沒有必要擔心的東西。

很多事情就是這樣。你面對它的時候，老覺得這個事情很嚴峻。一旦你經歷後，過了一段時間再回頭想想，才知道那件事情不過如此。

「這些都是些古老的東西，都是有靈性的，你要好好保管。知道嗎？」看來媽媽沒有責備我的意思，只是對我隨意放置這些古幣有些意見。我連忙點頭，將散落的古幣重新放回書包。

古幣背後隱藏著一個世人所不知道的故事，甚至連爺爺也不知道。當然，媽媽和我更無從知道。有些東西，人們一定要等到它出了大事之後才會關注，比如常山頂上的金礦洞。過了幾乎半個世紀，從來沒有人認為應該對常山上的金礦洞怎麼樣，一定要等到兩個孩子掉進去一死一傷，才有人認為應該填埋這些潛在的危險。

第二天就要到學校去了，一個月之後才能回來跟爺爺再次會面。我看著斑駁的牆壁，陷入了無際的遐想。小時候，我看著石灰塊塊剝落的牆壁，總會把條條裂痕想像成一棵棵乾枯接近死亡的老樹，把石灰缺失的地方想像成一個人頭或者山或者動物。那時候的我看著牆壁就能這樣無邊無際地想像一個下午，心情無比快樂。而現在的我，看著那些東西再也發揮不了我的想像。我們的感覺被這個世界漸漸鈍化磨損，最後對所有事物後知後覺。

當時的我就這樣看著牆壁，漸漸進入了夢鄉。

尅孢鬼從縫紉機上跳下來。我已經打算把它帶在身邊，帶到學校去，所以把月季從窗臺上搬到了媽媽的縫紉機上，準備明天抱在懷裡帶走。

尅孢鬼抱怨我將它放在縫紉機上。

我知道我在夢裡，我笑問道：「怎麼了？你害怕縫紉機嗎？你可別告訴我尅孢鬼害怕縫紉機。」我注意到，尅孢鬼長得越發漂亮了，它甚至像一個開始發育的妙齡少女。皮膚發出微微的白光，眼睛水靈靈。它換了套藍色的衣服，衣服開始遮掩不住它的身材。

「不，我害怕縫紉機上的縫紉剪。」它聲音細細地回答。縫紉剪和一般的剪刀不同，縫紉剪的一邊把手是「S」形的手柄，而一般的剪刀兩邊手柄都是「D」形。我使用縫紉剪總是不對勁，而媽媽可以使用它熟練地裁布剪線。

在媽媽的手裡，縫紉剪像一隻春歸的燕子，繞著縫紉機翻飛縈繞。

「害怕剪刀？」我擰眉問道。四姥姥總是不允許人家將剪刀托放在她家，難道是因為這樣的原因？不過鬼怕剪刀的話，放再多的剪刀在家裡也不見得是壞事啊。

「不對。」漂亮的尅孢鬼嘴角一歪，露出個純淨的笑，「我害怕的是縫紉剪，一般的剪刀倒是不怕的，反而容易勾起我用它傷人的慾望。」

「哦。」我恍然大悟。

尅孢鬼收起笑容，對我說：「我最近感覺到一股極寒的陰氣逼近，可能有什麼東西要經過這裡，或者它的目的地就是這裡。」

「你能感覺到鬼的陰氣？」我驚訝道。

「不是。其他的鬼的陰氣我感覺不到，但對跟自己的陰氣差不多的可以很敏感。」尅孢鬼說，「這兩天我總感覺到這股陰氣，並且越來越寒。」

我捏著下巴想像著越來越重的鬼氣像秋天的濃霧一樣漸漸逼近這個村莊。

尅孢鬼說：「它正在慢慢逼近這個村子。」

我一驚，凝視面前的尅孢鬼半天，然後才吐出幾個字：「你指的它是誰？」

19

尅孢鬼笑道：「你這麼緊張幹什麼？這只是我的感覺，我的感覺不一定對啊。就算我的感覺是對的，它也不一定就是真要到這裡來啊，或許它只是經過這裡呢。」這一刻，我發現尅孢鬼的邪氣還沒有完全被月季洗淨。它笑的時候，光滑的臉上突然出現很多老年人一樣的皺紋。看起來讓人很不舒服。

我用手摩擦著鼻子，藉以掩飾我對它的笑的反感。

「不過，那個紅毛鬼在村裡還是挺不安全的。」尅孢鬼將話題轉移了。

「紅毛鬼已經跟動物差不多了，只要不在它面前故意提起兒子的事情，它連發怒的脾氣都沒有，怎麼就不安全了？」我頗為紅毛鬼抱不平，畢竟它生前曾是我的「同年爸爸」。

「紅毛鬼本身並不會害人了，但是我擔心其他的人或者不是人的東西來爭奪它。」尅孢鬼認真地說，不像是跟我開玩笑。

「其他人是什麼人？不是人的東西又是什麼？鬼嗎？」我迫不及待地問道。

「也許你不知道，紅毛鬼現在雖然沒有了害人的本性，但是還是害人的好幫手，可能有其他的人或者鬼會藉助它的力量來達到自己的目的。現在的紅毛鬼像可塑性很強的泥坯一樣，它可以跟著好人做很多好事，也可以跟著壞人做很多壞事。現在它在村裡平靜的生活，說不上好也說不上壞。但是很可能就有其他因素來干擾紅毛鬼的平靜生活了。」尅孢鬼給我詳細地解釋道。它收起了笑容，這讓我舒服一點。

我領悟道：「這麼說來，你感覺到有陰氣的東西，也許就是來尋找紅毛鬼的。它已經開始行動了，想借紅毛鬼的力量幫助自己。是不是？」

尅孢鬼頓首道：「也許是這樣的，也許不是這樣的。事情沒有發生，誰知道呢？」

我憂慮道：「可是明天我就要去學校了，這裡再發生什麼，我也幫不上忙，更不知道會發生什麼。」這時，我想起了書包裡的古幣，那個一面雕刻著女人半身像一面光滑的銀幣。由此，我又想到心儀的女孩，想像著她此刻會不會想起我。

尅孢鬼似乎看透了我的心思，知趣地退下，化成一縷煙縮回到月季上。

我在夢中用力地睜眼睛，努力使自己醒過來。

費了九牛二虎之力，我的眼睛終於得以睜開，水洗了一般的月光打在我的被子上。我掀開被子，走到縫紉機前面，小心地捧著月季，把它放到我的床底下。

我順便看了看床邊的我的鞋，把它們整齊地擺好。媽媽說過，如果鞋子亂放，晚上就會做噩夢。雖然那時的我在夢裡也非常清醒，但是從噩夢中有意識地把自己弄醒有些麻煩，比如大聲地喊爸爸媽媽的時候嗓子總是被捏住了似的發不出聲。

一個晚上就這麼過去了。

第二天離開家去學校的時候，路上還碰到了紅毛鬼正在幫人家抬新打了殼的白米。不遠處的一條水牛瞪著紅紅的憤怒的眼睛看著紅毛鬼，用牛角挽住韁繩使勁地攪。水牛的主人在旁邊用鞭子恐嚇都不能使它安靜下來。還有幾隻黃狗對著紅毛鬼拼命地吠叫，但保持著一定的距離不敢靠近。

我懷裡抱著月季，書包裡背著古幣經過紅毛鬼身邊。紅毛鬼肩扛著幾百斤的白米站住了，對著我癡癡地看，鼻子用力地嗅，像狗一樣。

不知道是我吸引了它還是月季吸引了它，畢竟一個是它兒子同年同月同日出生的人，一個是它的同類。後來由於那枚銀色的古幣引發一系列的事情時，我也回想到了這天的情形，我才知道當時吸引紅毛鬼的既不是我也不是月季，而是書包裡的古幣。

當時，紅毛鬼站定在原處，看著我漸行漸遠，並沒有其他異常的舉動。我在即將拐彎的路口回頭望望村莊時，也看見了紅毛鬼同樣眺望的樣子。那一剎那，我竟然覺得它是還沒有死的山爹，他站在村頭的大路上等著放學歸來的兒子。那一瞬間，我百感交集，眼眶裡的淚水團團轉……

我在離常山村有五六里距離的小街上乘車，然後直達高中學校的大門口。那時候流行將信紙折成千奇百怪的形狀，然後塞進寫好了郵寄地址的信封裡。雖然我的信不用塞進信封，但是也要折成某個流行的形狀，如一顆心、一件衣服、一架飛機。而我最喜歡將送給她的信折成兩間疊在一起的小屋。我將銀幣夾在兩間小屋的中間，然後委託另一個女同學偷偷送給她。

信還沒有送出去，我就已經開始想像她發現銀幣後的驚訝與歡喜了，我能想像到她那雙活潑的眼睛和一年四季紅暈的臉蛋。我在信裡寫了一首詩讚美她的紅臉蛋，我把她的紅臉蛋比作秋後的蘋果，把我自己比作垂涎欲滴的果農。年少時的愛情，總是集合了幼稚、青澀和甜蜜。

高中的寢室是八個人一間的，床分上下鋪。我本來睡在上鋪，但是為了隱藏我的月季，我找了個其他的理由和下鋪的同學換了位置。在同學們都不在寢室的時候，我將月季放在我的床底下，然後用一張報紙蓋上。

幸虧它已經不需要經常曬太陽了，不然我真不知道怎麼辦才好。晚上躺在床上，我把耳朵貼在床板上，能夠聽見輕微的報紙「沙沙」的聲音。那可能是月季在吸收夜間空氣中的精華。我偷偷爬到床沿邊上，懸出半個身子，搆到床底的報紙，將報紙輕輕地掀起來，看見月季周圍的黑色變成水一般的漩渦狀。

這時上鋪的同學翻了個身，嚇得我立即返回到床中間躺好，一動也不敢動，生怕別的同學發現我的秘密。

20

上鋪的同學夢囈了幾句英語單詞，又沉沉地睡去了。這個同學的英語成績相當好，學習相當刻苦，經常大半夜說夢話還在背當天學過的英語單詞。

我躺在下鋪等候了半刻，見上鋪沒有動靜，才安心地入眠。我的眼睛剛閉上，便進入了奇妙的夢鄉。

我夢見那枚銀幣還沒有送給她，因為夢中的我打算親手送給她。她從林蔭小道上朝我走過來，纖纖細步，面帶微笑，像從天而降的天使。我迎面對著她，雙手反剪，將銀幣藏在背後。

她慢慢地走近，來到我的跟前。我喊了一聲她的名字，她站住了。我將手移到前面來，將禮物托在掌心。

她見了我掌心的禮物，露出一個驚喜的表情。她高興地捂住了她紅彤彤的臉蛋。

可是就在她接過我掌心的禮物時，她驚叫了一聲，忙用一隻手捂住另一隻手。鮮紅的血像活蚯蚓一樣從她的指間流出。我大吃一驚，慌忙之中發現掌心的銀幣不知什麼時候變成了一朵帶刺的玫瑰！玫瑰的刺上有殘留的血跡。

這一緊張，使我從夢中醒了過來。睜開眼發現是虛驚一場，心裡才稍稍平靜了些。

這個夢有什麼寓意嗎？為什麼好好的銀幣突然之間變成一朵帶刺的玫瑰呢？我百思不得其解。

與此同時，遠在幾十里外的紅毛鬼出事了。

就在我從夢中驚醒的時候，也許更早一些，也許稍晚一些，全村的人被紅毛鬼的哭喊聲吵醒。它那淒慘的叫聲令所有人毛骨悚然。那個淒慘的聲音正是從它生前的家裡傳來的。

眾人紛紛披衣起床，三五人約在一起趕向聲音傳來的方向。

等到選婆和其他幾個人趕到的時候，屋外已經圍了許多人，但是沒有一個人敢進門去。

選婆拉住一個人問道：「紅毛鬼怎麼了？」

那個人搖搖頭說：「我也才來，什麼都不知道。紅毛鬼叫得這麼厲害，是不是惡性要復發了？你可別進去，萬一剛進去就被它吃了。」

另一個人插嘴道：「不可能啊。它叫得這麼淒慘，不像是惡性復發，倒像是被什麼東西燙到了。」淒慘的叫聲不斷從屋裡傳出來，音量不次於那晚打滾哭嚎。

選婆當場叫齊幾個身強力壯的男子，吩咐道：「我們一起衝進去看看是怎麼回事。如果只是普通的叫喊也就罷了，萬一是它惡性復發，整個村子的人都脫不了干係。」被叫來的幾個人點頭同意。

說幹就幹，選婆他們每人手裡拿一根木棍當防衛的武器，一齊踹開了房子的大門。

還沒等他們衝進去，渾身通紅的龐然大物一下子從裡面衝了出來，將選婆撞得東倒西歪。定眼一看，那個龐然大物正是紅毛鬼。令他們驚訝的是，紅毛鬼的脖子上多了一條鏈子，鏈子通紅，像剛從打鐵的火爐裡拿出來。紅毛鬼脖子上的紅毛被鏈子燒得蜷縮起來，發出一陣焦臭。它正是被這通紅的鏈子燒得大叫。

「是誰這麼狠心？想要害死紅毛鬼？」選婆齜牙咧嘴罵道，慌忙撲上去，死死摁住紅毛鬼，妄想將紅毛鬼脖子上的鏈子扯下來。紅毛鬼正在憤怒的時候，順手將選婆打倒在地。紅毛鬼被那鏈子燒得發了瘋，見人打人，見物砸物。誰也擋不住它。

倒在地上的選婆呆了似的坐在地上，一聲不吭。清冷的月光打在選婆的臉上，周圍的人看見他的表情古怪，像木雕一般僵硬。

一個人用木棍捅捅選婆，怯怯地問道：「選婆，選婆，你怎麼啦？你被它撞傻了嗎？」選婆這才恢復一些知覺，他舉起手掌，向大家展示他的掌心。

眾人細細看了他的手掌，沒有發現任何值得懷疑的地方。

用木棍捅他的人問道：「怎麼了？你的手掌擦傷了嗎？還是剛剛跌倒的時候崴了？」見選婆表情僵硬地搖了搖頭，他又問道：「是不是骨折了？要不要我叫醫生來？」選婆還是表情癡呆地搖頭。

「我剛剛抓到紅毛鬼脖子上的燒得通紅的鏈子了。」選婆語氣冷冷地說。

「抓到鏈子有什麼……」這個人話還沒有說完，突然愣住了。剛才不是看見紅毛鬼脖子上的鏈子燒得通紅嗎？不是燒得紅毛鬼胡亂衝撞嗎？那為什麼選婆的手抓到了卻沒有任何燒傷的痕跡？這個人連忙揉揉眼睛，再朝選婆舉起的手掌看去，除了紋路沒有其他。五個手指都好好的。

「你確定你抓到了？」這個人不敢相信地問選婆。選婆眼睛瞪得比他還大，認真地點了點頭。

「這就怪了！」這個人自言自語道，彷彿要說服自己不要相信眼前的情景，可他也清清楚楚地看見選婆抓到了紅毛鬼的鏈子。他突然如當頭棒喝一般向圍觀的人們喊道：「快，快攔住紅毛鬼！」

他的聲音剛落，屋裡突然發出一個更洪亮的聲音：「不用！讓它跑吧！」

21

這時不是選婆一個人發呆了，眾人都眼呆呆地轉而盯向大門被踹壞的房子。房子由青瓦泥牆做成，並且牆上已經長了許多青苔。月光灑在房子上，整座房子在月光的籠罩下好像一隻蹲著的癩蛤蟆。敞開的門就像這隻癩蛤蟆張開的嘴，這張嘴似乎要吞噬一切。

從大門往屋裡看，一片漆黑，就如從一個廢棄的古井上面往井底探看，深邃而陰森。紅毛鬼痛苦的嚎叫聲越來越遠，誰也不知道它跑到哪裡去了。此刻沒有人關心紅毛鬼跑到哪裡去了，剛才從屋裡傳來的聲音吸引了所有人的注意。

選婆屁股被針扎了似的一下從地上彈起來，結結巴巴地大聲問道：「誰？是誰在……是誰在屋裡？」

屋裡一片寧靜，選婆側耳傾聽也沒有聽到一點聲音。連個人的腳步聲也沒有，彷彿剛才的聲音是癩蛤蟆一樣的房屋喊出來的。

「誰？！」選婆又大聲問道。

這時，在沒有任何腳步聲的情況下，突然一個人幽靈一般地出現在門口。

當看到突然出現的那個人時，在場的所有人都倒抽一口冷氣！

與紅毛鬼出事的那夜有一村之隔的爺爺也沒有睡好。爺爺正夢見自己跳躍家門前的小小的排水溝，卻不料失足，一下踩在了溝底。躺在床上的爺爺抽筋似的雙腿一彈，驚醒了旁邊的奶奶。奶奶拍拍爺爺的臉，叫醒他：「喂，醒醒，你是不是做夢了？」

爺爺睜開一雙驚恐的眼睛，伸手摸了摸額頭的涼汗，說：「是的。我夢見自己在門口的小溝裡摔倒了。」說完拉開了昏暗的燈。

奶奶笑道：「你也真是的，門口那個小溝三歲娃兒也能跳過去，你還能在那裡摔倒？好了好了，安心睡覺吧。我看你最近太操心那些不乾淨的東西，別傷了身體。睡吧，睡吧，你不睡我還要睡呢。」說完將被子朝爺爺身上拉了拉。

爺爺卻一把掀開被子，坐了起來。

奶奶不解地問道：「你怎麼啦？不睡覺了？明天還要到田裡去看看水稻呢，看看是不是要打藥了，最近蝗蟲好像很嚴重。」

「哦，」爺爺漫不經心地說，「我睡不著了。我要出去走走。」

奶奶說：「這麼晚了，你要到哪裡去走走？哪有半夜到外面去走的？你就這樣坐一會兒，等好了再睡覺。」

爺爺根本聽不進奶奶的話，自顧下床穿起了鞋子。奶奶一臉的不高興，卻關心地說：「加兩件衣服！外面寒氣重。」爺爺順便拾了一件衣服披上，「吱呀」一聲拉開門走了出去。一陣寒氣隨即湧進溫暖的房子裡，奶奶下意識地裹緊了被子。爺爺反手關上門，腳步漸漸遠去。

爺爺來到屋前的排水溝，生怕如夢中那樣摔倒。他抬起步子，正準備跨過排水溝，這時屋前的地坪裡出現一個女人！爺爺失了神一般無可挽回地再次踏進了溝裡，身體失去平衡摔倒在地。夢中的一幕在現實中上演！當初爺爺在月光下和只有影子的綠毛水妖決鬥的時候，他能夠精確地避開排水溝、石墩、門檻。現在他卻被一個小小的排水溝所阻礙。

如果不是對面的女人，爺爺是不會失神摔倒的。到底是什麼樣的女人使爺爺這樣驚恐呢？

那個女人捧腹大笑道：「初次見面，有這麼驚恐嗎？是不是我長得太醜了，嚇到你了？」爺爺慌忙尷尬不堪地爬起來，用力地拍打身上的泥土。

面前這個女人長得不醜，甚至可以說是相當漂亮。

一頭的長髮直拖到腳下，瓜子臉杏仁眼柳葉眉。可是她是光著身子的！她的皮膚在月光下熠熠生輝，該白的地方白得晃眼，該紅的地方卻是古怪的藍色！比如她的通身皮膚白皙光滑，她的嘴唇卻是金屬的藍色，還有乳頭。

她剛才的那句話並不是疑問的語氣，反而是一種自信的炫耀。她對自己凹凸有致的身體充滿了自信。

爺爺啞在那裡，半天沒有說出話來。那個女人更加得意了，邁著高傲的步子走近爺爺，優雅地伸出一隻冰雕玉琢一般的手想將爺爺拉起來。她不知道爺爺短暫的癡呆狀態並不是因為她裸露無餘的胴體，而是因為他嗅到了極其寒烈的水氣。後來爺爺跟我說，他一輩子從來沒有聞到過那樣寒烈的水氣。那一刻，他彷彿坐在水庫旁邊，風從水面吹過來，吹到他的臉上。水是有氣味的，一般人靜心地體會也能聞到。只是爺爺這種人對金木水火土類的氣息有更加靈敏的嗅覺罷了。

爺爺沒有搭理她伸出的手，自己雙手撐地站起來，漠然地問道：「妳是誰，為什麼來找我？」

那個女人撫弄自己的身體，自我感覺良好地說：「不知道你聽說過女色鬼沒有。」

爺爺嘲弄道：「妳意思是說妳就是女色鬼？好，那麼，女色鬼，妳來找我幹什麼？」

女色鬼冷笑道：「你別裝作對我無動於衷。不知道多少男人期盼我跟他們一夜風流，哪怕他們只有一夜的生命呢。」

「呵呵。」爺爺笑道，並不辯解，只將披在身上的衣服解下覆蓋在她的身上。她身上發出的微光居然透過衣服，衣服上縱橫經緯的線能看得一清二楚。女色鬼鼻子發出嘲弄的「哼」聲，不知道她是嘲弄爺爺的迂腐，還是嘲弄自己的過於自信。

爺爺從褲兜裡掏出一支香菸點上，深深吸了一口，然後從鼻子裡冒出兩串煙霧。這樣的吸菸方式雖然算不上高明也算不上酷，但是我曾偷偷拿他的菸試過很多次，經常被煙熏得流眼淚。

彈了彈菸灰，爺爺瞇著眼睛問道：「無事不登三寶殿，妳是有事求於我嗎？」

22

女色鬼呵呵笑道：「你果然是聰明人。」臉上的笑容在月光下如一朵正在綻開的白荷花。

爺爺在事後跟我講起他與女色鬼相遇的情景時，說它的笑聲像撥弄琴弦後的餘音一樣迷惑人心，讓人很容易就陶醉在它的笑聲中了。不知有多少男人，開始還能把握自己，但在聽到它的笑聲之後全線崩潰，心靈被它攫取，受了它的控制。

我心想這招對我應該不奏效，因為我從來不怕女人笑，只怕女人哭。

我問爺爺，你怎麼避開它的誘惑的呢？

爺爺狡黠地一笑，說，我用手使勁地掐大腿，讓自己的感覺神經集中轉移到疼痛上，從而減輕它的誘惑力量。

這個方法很庸俗，甚至有些搞笑，但是很實用。

我問道，它真的是女色鬼嗎？它有什麼企圖？肯定跟紅毛鬼有關係吧？我在聽爺爺回憶這些事情的時候，已經知道紅毛鬼被通紅的鏈子燒傷的事情，所以自然聯想到女色鬼和紅毛鬼之間的隱秘關係。

爺爺說，它自稱是女色鬼，其實它是夜叉鬼。夜叉鬼有男有女，人們習慣把女性的夜叉鬼叫做母夜叉。

母夜叉？我眉毛皺起，這個女鬼長得這麼好看，名字卻讓人難以接受。

我們高二文理科分班的時候，班上轉來一些新生。班主任將新編好的座位寫在黑板上，幾個男生看見黑板上的一角寫著「甄美麗」這個名字，不禁大喜，紛紛議論說這個名字這麼好，人也應該如其名吧。幾個男生忙往對應的教室位置看去，一個金魚眼、粗眉翻唇的女生坐在那裡，不禁大吃一驚，空喜一場。這兩個剛好是相反的例子。我的本意不是要以相貌論人，只是舉例說明名字和貌相相差甚遠的驚訝。人最重要的是心靈美。就像我養的月季，以前的相貌可謂恐怖，但是隨著心靈裡惡性的減少，漸漸變得美麗好看。

爺爺頓首道，真名應該是母夜叉。這種鬼熟知人心，能使用八種聲色，幻化成八種東西。喜歡吃人肉，迷惑男人，最可怕的是喜歡吃母胎，令孩子不能出生。另外，在男女交歡時它會阻撓女子懷孕，吸吮精氣，以殘害小生命為樂，無惡不作。正是因為它有這些特性，它才自稱為女色鬼。

原來這樣哦。我領悟道。《百術驅》上對女色鬼沒有任何記載，剛聽爺爺講的時候還納悶呢，但是提到母夜叉，《百術驅》上有詳細的解釋。

就像紅毛鬼有牛的習性一樣，夜叉鬼也有自己的習性，它們有蜈蚣的習性。它們可以幻化為蜈蚣的形狀在地上爬行，藉以隱藏它們的行蹤。《百術驅》上說，人如果被這種鬼咬到，會如被蜈蚣咬到一樣又疼又癢，日復一日年復一年難以治癒，只有在清晨聽到公雞打鳴的時候這種疼癢的感覺才稍有緩解。因為雞是蜈蚣的天敵。

那它找你有什麼企圖？我重複問道。

爺爺說，它叫我不要插手管紅毛鬼的事情。

為什麼？它不是要迷惑男人嗎，紅毛鬼雖是男性，但是鬼不是人啊。我問道。

我也納悶啊！爺爺說。

「為什麼呢？」爺爺用同樣的問法問女色鬼。

女色鬼笑道：「這你就不用管了。我主動來找你，是仰慕你在方圓百里捉鬼的名聲。我希望你不要插手這件事情。同時，我可以答應你，我不會傷害這周圍的居民。我知道，萬一我傷害了這附近的居民，不管怎樣你都會出面捉我的。所以我答應你，我不傷害附近的居民。」

女色鬼收住笑容，轉而用狠狠的口氣說：「如果你不識時務，一定要跟我作對的話，你多年捉鬼不敗的名聲就要毀於一旦了。你是鬥不過我的，是不是我自誇，你自己心裡應該有底。」

說完，女色鬼倏的消失了。只有爺爺的衣服從半空中輕飄飄地落下來，蓋住女色鬼剛才站定的地方。爺爺嘆口氣，撿起地上的衣服，回到了屋裡。

奶奶聽見爺爺進屋的窸窸窣窣聲，迷迷糊糊問道：「剛才你在外面跟誰說話呢？」

爺爺悶不做聲，奶奶也便不再追問。

爺爺心思萬般地入睡了，可是選婆他們卻是整夜未眠。他和一大群人站在山爹生前的房子前，死死盯著那個詭異的人。

那個幽靈一般的人站在門口，將在場的人掃描了個遍。可是在場的人看不清那個人的臉。那個奇怪的人戴著一個奇怪的帽子。那個帽子大得離奇，不像遮陽的太陽帽，也不像擋雨的斗笠，簡直是一把油紙雨傘。不過這把雨傘沒有傘柄，直接扣在他的頭頂上。

他穿的衣服也是古里古怪，像一件大雨衣，可是肩上還披著蓑衣，真是令人費解。

在他的頭像風扇一樣搖來搖去觀察在場的所有人時，選婆發現他長著一對奇怪的耳朵。那對耳朵形狀如狐狸耳朵，並且長著絨絨的毛。如果不是他的個子和一般人高的話，整個看起來如一只偽裝成人的狐狸！

選婆他們急忙重新舉起手中的木棍，指著門口的人不人鬼不鬼的他喝道：「你是誰？！為什麼要害紅毛鬼？」

那個人半天不說一句話，只是來回察看所有人，像是要認出其中的誰一樣。在場的人屏住呼吸，靜待事情變化。

「再不說我們可就要動武了啊！」選婆威脅他說。其他幾個人連忙聚集在選婆的周圍，擺出蠢蠢欲動的架勢，與其說嚇唬門口的人，還不如說是給自己人壯膽。選婆還在心裡想，剛才那個燒得通紅的錘子到底是怎麼回事。

這次門口的人有了動靜。他從「雨衣」裡探出一隻漆黑的手，將頭上的雨傘一樣的帽子抬高了一些。他的眼睛露了出來，選婆再次倒吸一口冷氣！

23

寬大的帽檐下，一雙火紅的眼睛震懾了所有的人。選婆的大腿尿急似的抖起來。那雙眼睛像風中搖曳的燈盞一樣，用不怎麼亮的光照在每一個人的臉上。

「大家不要驚慌。我不是來傷害你們的，我是來保護你們的。我是瑰道士，來自一個很遠的道觀。」那個怪人突然說道。

「保護我們的？貴道士？」選婆遲疑不定，「我們這裡倒有一個歪道士，沒聽說過貴道士。你怎麼證明你是道士，而不是有其他企圖的人？」

瑰道士又拉低帽檐，遮住火紅的眼睛，說：「我是擔心其他人對紅毛鬼有所企圖，所以要收服紅毛鬼，不讓它被其他人所用做出傷天害理的事情來。相信大家剛才也看到了紅毛鬼脖子上的火紅的鏈子，那就是我捉鬼用的法寶。」

不是瑰道士提到紅毛鬼，大家幾乎忘記了紅毛鬼。「紅毛鬼跑到哪裡去了？」選婆側頭問問身邊的人，身邊的人搖搖頭。

瑰道士揮手道：「大家不用擔心，我的鏈子套在它的脖子上，它跑到哪裡盡在我的掌握之中。」

選婆轉過頭來又看看瑰道士，問道：「對了，貴道士，你是說誰對紅毛鬼有企圖？你既然來捉紅毛鬼，肯定已經知道誰要對紅毛鬼有所企圖了吧？如果說不出個所以然來，那我們是不允許你對紅毛鬼胡來的。現在紅毛鬼的惡性已經去掉了，也算是我們村裡的一個成員了。大家說，是不是啊？」周圍的人立刻回應。

瑰道士沉吟了片刻，說：「告訴你們吧，對紅毛鬼有企圖的是另一個極其兇惡的鬼——夜叉鬼。」

「夜叉鬼？」選婆還是不相信。

瑰道士朝畫眉村的方向望了望。「也許你們不知道，夜叉鬼已經接近這裡了，它的目標就是紅毛鬼。我已經追蹤這個夜叉鬼很久了，也跟它交手過，它被我傷得很深，但是還是讓它給逃脫了。它想利用紅毛鬼的力量來對付我。」瑰道士停頓了一下，接著說，「不光是我，它還會利用紅毛鬼害更多的人。它會用色慾控制紅毛鬼，使紅毛鬼的惡性復發，並且完全受它的控制。」

選婆仍不相信，對瑰道士說：「就憑你一面之言，我們怎樣相信你？這樣的謊言很容易編造。」眾人應聲附和。

瑰道士說：「我沒有其他實物可以證明，卻有一個故事，不知道大家有沒有耐心和興趣聽聽。」

「故事？」選婆疑惑道，「什麼故事？」

「這個故事很長，一時難以講清。」瑰道士說。

「但說無妨。」選婆生硬地說，「你不講清楚，我們是不會放你離開的，更不允許你把紅毛鬼帶走。」

瑰道士講了許久，大家聽了許久，終於答應瑰道士帶走紅毛鬼。一個月後，選婆給我複述了瑰道士講的故事。故事是這樣的：

那還是在清朝，大概是康熙年間。浙江有一個富甲一方的大商人，家裡有一個待字閨中的女兒。這個女兒長得精妙無雙。她富有的父親姓羅，在女兒出生的那天就盼望自己的女兒長得鶴立雞群，於是給她取名為「羅敷」，意為要女兒長得如古代美女羅敷一樣漂亮。

長得好看不是要放在家裡當花瓶，她父親的心思自然離不開帳房那把算盤。她父親希望女兒以後可以嫁給一個比自己更富有的人家的少爺，或者嫁給一個大權在握的高官的公子。這樣，他的生意可以做得更大，家裡的銀子可以更多。

正因為這樣，她父親挑來挑去，眼看女兒就到出嫁的年齡了，卻沒有媒人給她說到一個合適的人家。

她父親為了將來在生意方面的發展，還耐著性子等待合適的機會。可是這個如花似玉的姑娘早已起了春閨怨，看著她同齡的女孩已經喜結連理，好生羨慕。那個年代的人在十五六歲就可以談婚論嫁了，過了這個年齡就很少有媒人願意搭理了。

這個姑娘此時已經18歲了，看著父親一副不釣到大魚不甘心的架勢，心裡急得不得了。

一天，一個窮秀才來這個富人家借些銀兩買柴米油鹽。這個秀才跟一個管家進帳房拿銀子的時候，跟這個美麗的姑娘撞了個滿懷，秀才手裡的碎銀子撒了一地。秀才呆呆地立在那裡看著面前滿臉緋紅的姑娘，竟然忘了去拾銀子。

這個姑娘被秀才這樣一看，害羞得不得了。要知道，古代大戶人家待字閨中的姑娘一年四季在繡花樓上練習刺繡，很少見到生人，特別是面生的男子。被一個衣服雖然有些補丁但是仍然風度翩翩的秀才傻傻地看著，她難免十分羞澀。

「快拾起你的銀子滾出去吧！」姑娘身邊的丫鬟不滿地驅逐他道。

秀才對丫鬟的話無動於衷，愣了半天才說出幾句話來：「書上說書中自有黃金屋，書中自有顏如玉。我看要反過來說才好，先說書中自有顏如玉，再說書中自有黃金屋。」

丫鬟厭惡地說：「什麼黃金？什麼玉？我看你是傻了吧，有這些銀子就足夠了，你還想要黃金和玉？別妄想了，快滾吧！」

丫鬟斗大的字不識一個，自然不知道「書中自有黃金屋，書中自有顏如玉」這樣文縐縐的句子。但是姑娘曾有私塾的老師教育，明白秀才話中的隱藏意思，於是臉上飛霞，忙拉了丫鬟躲到繡花樓上去了。

管家從帳房裡出來，幫窮秀才撿起地上的碎銀子，推著他出門來。

從此，這個秀才讀書無趣，嚼肉無味，聽琴無聲，腦袋裡只有那個天仙一般的姑娘。他常常對著窗外一看就是半天，耽誤了許多讀聖賢書的時間。

古代有千千萬萬個關於窮秀才和大戶人家的姑娘的愛情故事，都是經過波波折折，恩恩怨怨，合合分分之後，結局完滿。百講不厭。他們倆的故事卻與之不同。

24

話說這個美麗的姑娘，她回到繡花樓上之後心不在焉，繡花針總是刺在蔥根一般的手指上。

再說那個窮秀才徹夜難眠，他一時性起，竟然丟掉平日的斯文，趁著夜色爬到了姑娘的繡花樓，憑著白天對這戶人家的粗略記憶，竟然摸到了姑娘的閨房……

這一來二去，兩個人便約定了固定的見面時間，長期如此，不僅僅姑娘的父母親不知道，就連天天跟著她的丫鬟都蒙在鼓裡。

究竟紙包不住火，姑娘的父親聽到了一些小道消息。他有生意人的精明，事先並不聲張，偷偷注意女兒繡花樓的動靜，弄清楚了這對男女幽會的時間規律。

又到了姑娘和秀才幽會的日子，姑娘的父親假裝像往日一樣熄了蠟燭，卻沒有睡下。他恨不得把兩隻耳朵都貼在牆壁上，聽細微的腳步聲。

姑娘和秀才不知道事情已經被父親知曉，一見面便手忙腳亂地抱在一起滾到柔軟的絲綢被子上。這時，姑娘的父親一腳踹開門，順手拿了門口邊擺著的花瓶朝這個大膽的秀才砸過來。姑娘嚇得大叫。秀才躲閃不及，花瓶砸在了裝滿聖賢書的腦袋上。

古代的書生都是文弱書生，爺爺說很多書生為了考取功名，信奉很多亂七八糟的規規條條，最典型的比如一餐飯只能吃一筆筒，不能多一口，也不能少一口。因此，這些男子只得天天捂著肚子，身體自然好不到哪裡去。

這個文弱的書生居然被花瓶打得癱倒在地，頓時不省人事，不一會兒竟然沒有了呼吸！這下驚慌的換作姑娘的父親了。他萬萬沒有想到一時火起竟然殺人了！如果這個事情傳出去，不但他女兒的名聲壞了，他的富貴命也要結束了。

為了掩人耳目，姑娘的父親極力勸服女兒跟他一起將這個秀才的屍體藏匿在這座繡花樓裡。那個繡花樓的樓板是夾層的，兩層木板之間有一定的空隙。姑娘的父親和羅敷一起就將屍體藏在樓層的夾板之間。在蓋上樓板時，羅敷心疼秀才窮得連個隨身帶走的東西都沒有，人死了連紙都沒給燒一張，總得有點陪葬品吧。於是，心生憐憫的她將一個和尚送給她的銀幣壓在秀才屍體的胸口。

她記得三歲的時候一個化緣的和尚送給她這個東西，說她的姻緣不好，等到38歲才能成家。這個銀幣可以保她婚姻順利。她懊惱地想道，自己18歲就喪夫，等到38歲還有什麼希望？誰會娶一個喪夫又年齡大的婦女？於是乾脆把和尚送的銀幣壓在了秀才的胸口。

要說那窮秀才也是可憐，雙親早逝。不但家中沒有親人，並且因為他經常找這個找那個借錢，朋友也沒有幾個敢跟他來往。所以他被那花瓶一下砸死又被隱藏後，竟然沒有人問他怎麼突然不見了。

而那個繡花樓裡再也沒有住人，羅敷家有的是錢，在別處又建了一個更大更漂亮的繡花樓。

羅敷的父親等了一段日子，發現沒有人注意到窮秀才的消失，膽子又大了起來，又要給女兒找好的婆家。他的發財夢還是沒有消退半分。可是就在這個時候，羅敷的肚子有反應了。她懷了窮秀才的孩子。

不知道是窮秀才的冤死，還是肚子裡的孩子激起了她的母性，她一口拒絕所有媒人，堅決要把孩子生下來，自己撫養。這次她的父親也攔不住她了，再說，她父親畢竟心裡有愧，也就隨她了。

選婆他們聽長著一對狐狸耳朵的自稱「貴道士」的人講到這裡，按捺不住性子問道：「我說貴道士啊，這個故事跟紅毛鬼有關聯嗎？跟夜叉鬼又有什麼關聯？聽你講了半天，沒有一點跟我們搭上邊的呀！」

瑰道士呵呵笑了。誰也看不到他的表情，只能從聲音裡推測他是笑了還是生氣了。瑰道士笑著說：「我說過，這個故事很長，你們要有耐心。」

不過在場的人很多早已經被這個故事吸引，催促道：「好好好，您講，您接著講。」然後有人罵選婆：「選婆啊，你咋就這麼著急呢？聽完了再發表意見嘛。為什麼你做了這麼多年的組長就是做不了村長啥的呢？就是因為會還沒有開完，你就著急了。」

選婆是第三村民組的組長，做了好些年，從來不見升遷。

選婆一聽大家提當組長的事不樂意了：「我當組長我高興，你們管得著？」

一個年紀稍長的人勸道：「大家別吵了，聽他把事情講完。那個羅敷決定生下孩子，然後呢？」

瑰道士清了清嗓子，接著講述。

在許多人別樣的眼光裡，羅敷生下了一個胖乎乎的小子。羅敷的父親看著這個小孩子，怎麼也高興不起來，他的高攀夢隨著這個小子的出生而破滅。從此這個老頭子一直委靡不振，在一個炎熱的夏天突然中暑去世了。可謂屋漏偏逢連夜雨，老頭子一死，窺覷已久的管家攜著銀票也逃跑了。一個富有的家庭就這樣頹敗了。

許多人都說這個孩子不吉利，剛出生就發生這麼多倒楣的事情，都勸羅敷早點把孩子丟了，還可以趁年輕找個將就的人家嫁了。

那時的羅敷比生孩子前還要有風韻，勾住了不少鄰近男人饑渴的目光。有的男人甚至同意她把孩子一起帶到新組的家庭來，可是羅敷一一都拒絕了。她決心吃盡萬般苦也要把這個骨肉拉扯大。其實羅敷本身是不甘寂寞的人，正值青春年華的她也渴望男人在她豐腴白皙的身體上耕耘開墾。無數個夜晚，她慾火焚身，孤枕難眠。

新生的兒子是她全部的寄託和希望，正因為兒子的存在，她才默默忍受著這一切。她的兒子也算爭氣，彷彿繼承了他父親的優點，對讀書有著極大的興趣。

25

孩子一天一天長大，漸漸注意到家裡的不尋常，便問羅敷：「人家的孩子都有父親，我的父親在哪裡？」羅敷早就料到有這樣一天，於是面不改色心不跳地編造謊言：「你父親去做生意了，要很久才能回來。」

這個謊言一直延續到孩子20歲的時候。此時的孩子已經是名震一方的舉人了，算得上是年少有成。兒子開始在乎人家怎麼看待他怎麼看待他的家庭了。因為人家問到「令尊可好」他支支吾吾沒有語言回答。

羅敷的謊言瞞不住聰明的兒子了，於是將20年前發生的事情一五一十地告訴了兒子。20歲的兒子聽娘這麼一說，立即要求將父親的屍體從當年的繡花樓裡移出來，好好隆重地安葬。羅敷的這個兒子是很愛面子的人，身為舉人的他最怕周圍的人懷疑他的來路不正。這樣一來，他可以心安理得地回答別人的問題。

羅敷帶著衣冠楚楚的兒子來到當初和窮秀才幽會的繡花樓，憑著還算清晰的記憶來到藏屍體的房間，和兒子一起將地上的樓板揭開。

令她和兒子都驚奇的是窮秀才的屍體並沒有腐化，仰躺在樓板之間的窮秀才就如20年前那樣毫髮無傷。彷彿他躺在這裡只是在安安穩穩地睡覺，只不過現在還沒有醒過來而已。她按了按窮秀才的臉，肌肉仍紅潤而有彈性。窮秀才的手護在胸前，羅敷移開他的手，看見了當年放在他胸口的銀幣。銀幣沒有一點灰塵蒙蔽，外面的太陽照進樓裡，打在銀幣上，反射出耀眼的光芒。羅敷不自覺抬手擋住眼睛。

她的兒子連連驚嘆，面前的父親看起來比自己還要年輕。這也難怪，窮秀才死的時候才18歲，而這個光耀門楣的舉人已經20歲了。他們倆長相相近，乍一看還以為活人是死人的哥哥呢。

她的兒子猶豫了片刻，忙幫忙扶起這個看上去比他還小的父親。羅敷跟她的兒子試圖將窮秀才的屍體裝進佃農裝稻穀用的麻袋裡。她的兒子不希望其他人知道已經過世的父親那段並不光榮的歷史。他甚至想好了，當人家問他「令尊怎麼去世這麼早」的時候，他可以一把眼淚一把鼻涕地訴說父親在外做生意遇到了兇惡的盜賊，然後順便將自己如何在沒有父親照顧的情況下刻苦發奮的辛酸史夾雜其中，藉以彰顯他的堅強和志氣。

費了好大的勁，羅敷才將窮秀才的屍體從樓板的夾層之間拉扯出來。

「噹」一聲，銀幣從屍體的胸口落下，在地上骨碌碌地滾動。羅敷的兒子好奇地撿起了銀幣，左看右看。

「怎麼一面雕刻這麼精細，一面沒有任何雕飾呢？」滿腹經綸的舉人問他娘道。

他娘還沒回答，突然聽到一聲咳嗽。

「你著涼了嗎？要注意身體啊。」羅敷關心地問兒子。

兒子迷惑道：「我沒有咳嗽啊，我以為是你呢。」

「我也沒有啊！」羅敷皺眉道。

她兒子和她不由自主地同時向窮秀才的屍體看去，屍體居然動了起來！

他們兩人驚呆了！屍體又咳嗽了幾聲，然後瞇著眼睛用力地拍身上的灰塵，接著伸了個懶腰，彷彿剛剛睡醒。屍體還沒有注意到旁邊的兩個人，自顧用手掌捂住嘴巴打了一個長長的呵欠。羅敷看著面前的窮秀才，恍惚又回到了20年前。

「你，你，你，是，是詐屍，詐屍吧？！」羅敷驚恐地問，手不住地抖。而她的兒子則像雕塑一樣愣在旁邊，目瞪口呆，一動不動。

屍體側頭看到羅敷，立即條件反射似的雙手護頭趴在地上，連連喊道：「別打啦，別打啦，再打要打死人啦！」

羅敷的表情一會兒是驚恐，一會兒是驚喜，一會兒又變成驚恐。她吞了一口口水，喉嚨裡「咕嘟」一響。屍體趴在地上靜止了片刻，見沒有人上前去打他，回過頭來看著羅敷問道：「你爹呢？你爹到哪裡去了？」

「我爹？我爹十幾年前就死啦！」羅敷眼眶裡滿是淚水，不知道是因為激動還是因為驚恐，抑或是兩者都有之。她的兒子晃了晃腦袋，將嘴巴張得比剛才更大，又呆成了一尊雕塑。

「死啦？十幾年前就死啦？」屍體不解地問道，仍趴在原地不敢多動，彷彿當年打死他的那個老頭子還躲在這個繡花樓的某處角落，一不小心就會跳出來將他打個落花流水屁滾尿流。「還是十幾年前？妳不是騙我吧？妳騙我！妳騙我！」

羅敷仰頭對天，雙手捂面，淚水從她的指間流出來。

「妳，妳哭什麼？我哪裡說錯了嗎？」窮秀才連滾帶爬來到羅敷面前，抓住羅敷的雙手使勁地搖，「出了什麼事嗎？妳爹怎樣啦？他剛才不還在這裡嗎？妳別哭啊！」

這時，屍體才發現羅敷背後還有一個人，年齡比他稍大，相貌與他有幾分相似之處。屍體一愣，指著他問羅敷道：「這個人是誰？他來這裡幹什麼？」

說完上上下下打量他的兒子，眼睛裡充滿了迷惑。

「他是誰？怎麼跟我這麼相像？怎麼回事？我是不是在做夢？是不是剛才你爹進來也是我在做夢？我是不是在做夢？」屍體搖晃著羅敷，發出一連串的問號。而羅敷已經泣不成聲，根本回答不了他的疑問。

屍體突然發現羅敷的身上之物在對面那個陌生男子手裡，那個銀幣在陽光的照耀下熠熠生輝，成為這個昏暗失修的繡花樓裡唯一的亮點。屍體還沒有發現這個樓已經破敗，很多角落編織著蜘蛛網。屋裡的家具也早已失去當初的光澤，許多人的臉也像這些家具一樣，隨著時間的消逝變得蒼老。只不過羅敷和窮秀才是兩個少有的例外。

26

羅敷看著在陽光下閃耀的銀幣，忽然明白了送這個銀幣給她的和尚說的話的意思。和尚說她的姻緣不好，等到38歲才能成家，原來竟是以這樣的方式。也許那枚銀幣有什麼隱秘的力量，使窮秀才20年來沒有發生任何變化，就如剛剛睡了一覺似的。

就這樣，從生理角度來講，兒子已經20歲，父親卻只有18歲，而娘又已經38歲。這樣一個畸形的家庭，他們該如何相處呢？

「對呀，他們該怎樣相處呢？」選婆瞪著圓溜溜的眼睛問面前的怪人，「如果別人問起來，那個愛面子的舉人兒子要怎麼回答才好呢？他又怎麼對一個比他還年輕的人叫父親呢？」其他聽眾也小雞啄米似的點頭詢問。

晚風微涼，選婆不自覺地縮了縮脖子。面前的這個奇怪的人講這個奇怪的古老故事，到底有什麼含意呢？這時天空的月亮已經不見了，星星也只剩寥寥幾顆，發著微弱的光，如嗜睡人的眼睛。

「是啊，他們三個人回家相處了一段時間，都相當的不習慣。尤其是那個十分愛面子的舉人，更是不能忍受這樣荒誕的生活方式。他不但在親生父親面前叫不出爹這個字，而且在前來拜訪的客人面前也羞於啟齒。」瑰道士嘆了一口長長的氣，彷彿剛才的話都是憋住了氣說的，現在需要這樣長長的嘆息一下才能緩過氣來。

「這個故事倒是感人，可是放到現實中來，沒有一個人願意接受這樣的生活方式哦。」還婆感慨道。

「你說得對。」瑰道士對著還婆微微一笑，說道。

舉人兒子終於忍受不了天天給比自己還年輕的人請安鞠躬，在一次敬茶時偷偷加了毒藥，毒死了18歲的父親。

窮秀才剛剛從一團迷惑中緩過神來，還沒有來得及慶幸自己的重生，卻又被20歲的兒子一盅茶給毒死了。他口吐白沫，兩眼一翻，便在太師椅上蹬直了腳。

等聞訊哭哭啼啼的羅敷趕到，窮秀才的體溫又回到了冰冷的狀態。

聽眾紛紛扼腕嘆息。

瑰道士又長長地嘆了一口氣。

羅敷看著剛剛還跟她一起溫存的丈夫瞬間又成為一具僵硬的死屍，頓時萬念俱灰。她痛哭著撲在丈夫的身上，忘我地親吻丈夫的嘴唇。羅敷的兒子站在旁邊，卻不敢過來勸慰母親。他這才醒悟自己太過愛面子，事情做得太過分。他太過於緊張，竟然不知道他的母親親吻他的父親不是悲傷的告別，而是自尋死路。窮秀才的嘴唇上還有未乾的毒液，羅敷將之盡數舔進嘴裡，咽進肚裡。

等舉人兒子頓然醒悟，衝過去拉扯母親的時候，羅敷已經癱瘓在地不能起來。舉人兒子急了，忙叫人喊醫師搶救。可沒等醫師趕來，羅敷也像她的丈夫一樣冷冰冰了。這時，舉人才後悔莫及。

羅敷死後，冤魂不散，幾次欲親手殺了忘恩負義的兒子。虎毒不食子，羅敷幾次夜間來到兒子的床邊，看著熟睡的兒子卻下不了手。這樣一來，羅敷的冤魂氣得變成了惡鬼，把生前的所有事情忘記了，心中唯留一團鬱結，並且這個鬱結越來越大。當一個善良的人心中有無限鬱結的時候，他也有可能變得十惡不赦，他將顯露所有抑制的惡性。

羅敷受鬱結越來越厲害的影響，逐漸失去了善良的本性，內心深處壓抑的惡性洩露了出來。20年的獨守空房的壓抑終於爆發出來，她變成了夜叉鬼。它善於迷惑男人，這是它否定生前的堅守的表現。另外，它喜歡吃母胎，令孩子不能出生，這是它否定生下兒子的表現。在男女交歡時它會阻撓女子懷孕，吸吮精氣，以殘害小生命為樂，無惡不作。這也可勉強算作它對兒子的變相報復。

湖南同學敲了敲床頭櫃，提醒道：「好了，剩下的明天晚上同一時間再來聽吧。」

一個同學說道：「我原來以為母夜叉是非常可恨的，是比童話中的巫婆還討厭的醜陋怪物。沒想到這個叫羅敷的母夜叉卻是讓人感動的好怪物。」

湖南同學道：「世界上雖然有惡，但是惡不是無緣無故的。它必是經歷了人性的扭曲之後產生的。羅敷正是經歷了親情與愛情的雙向扭曲，才變得這樣失控可怕。其實只要我們人與人之間互相諒解寬容，很多惡是可以避免的。」

黃鼠狼精

27

零點零分。

「你們有誰知道『結草』的典故？」湖南同學問道。

一位喜歡歷史的同學背書一樣地回答道：「西元前594年，秦桓公出兵伐晉，晉軍和秦兵在晉地輔氏交戰，晉將魏顆與秦將杜回相遇，兩人廝殺在一起，正在難分難解之際，魏顆突然見一老人用草編的繩子套住杜回，使這位堂堂的秦國大力士站立不穩，摔倒在地，當場被魏顆所俘，使得魏顆在這次戰役中大敗秦師。晉軍獲勝收兵後，當天夜裡，魏顆在夢中見到那位白天為他結繩絆倒杜回的老人。老人說，我就是你把她嫁走而沒有讓她為你父親陪葬的那女子的父親。我今天這樣做是為了報答你的大恩大德！原來，晉國大夫魏武子有位無兒子的愛妾。不久魏武子病重，又對魏顆說：『我死之後，一定要讓她為我殉葬。』等到魏武子死後，魏顆沒有把那愛妾殺死陪葬，而是把她嫁給了別人。魏顆說：『人在病重的時候，神智是昏亂不清的，我嫁此女，是依據父親神智清醒時的吩咐。』後世比喻感恩報德，至死不忘。」

「嗯。記性不錯！今晚的故事跟他說的這段歷史相似……」

十五年前，我還是一個不諳世事的小孩子，懵懵懂懂，不懂得人間的情與愛。但是當我第一次稍微懂得的時候，那件事情卻如藏在鮮花叢中的貓骨刺，狠狠地扎痛了我，痛到了心裡面。

那件事情，還得從我堂姐思思開始說起。嚴格說是她與一隻黃鼠狼精的事情。

堂姐思思，是我伯伯家的第四個女兒，思思正是取其諧音「四四」而來。我叫她思姐。

思姐十五歲就出外打工，逢年過節偶爾回來一次。每次回來，她就帶著我跟弟弟兩人去村裡的小賣部買零食。

她每次回來，不只是給我帶來美味的零食，還給我帶來一些稀奇古怪的故事。

她說，她最討厭的動物就是黃鼠狼了。伯母辛辛苦苦養的五隻大花雞都被黃鼠狼偷吃了。黃鼠狼還喜歡放臭屁。有次傍晚，牠來伯伯家的雞籠裡偷雞，剛好被思姐逮個正著。思姐一腳踩住黃鼠狼的尾巴，踩得牠「咕咕」亂叫。牠情急之下放了一個臭屁，臭得思姐好幾天連連打噴嚏。

但是思姐沒有報牠的一屁之仇。

思姐說，她看那隻黃鼠狼嚇得渾身顫抖，心生惻隱，便將牠放了。思姐將腳抬起，看著黃鼠狼被她踩傷的尾巴，甚至覺得自己做得太過分了。思姐看了看被黃鼠狼拽了一地血的大花雞。那是伯母準備為她慶生的「大餐」。十五年前的鄉下，只有生日那天才能吃到鮮嫩的雞肉，喝到美味的雞湯。

「你走吧！我不打你。」思姐對仍在瑟瑟發抖的黃鼠狼說道。

那隻黃鼠狼也許是被思姐踩得太用力，尾巴已經失去知覺了。思姐抬起了腳牠卻不知道趁機逃跑。

思姐俯下身，摸了摸黃鼠狼的毛，說道：「別這麼害怕啦，我說了，我不打你。你走吧！」

思姐說，牠真是一隻貪心不足的黃鼠狼。牠聽了思姐的話，似乎明白了這個踩牠尾巴的人的意思，緩緩爬起身來。

牠居然不徑直離去，卻再次走到那隻已經嚥氣的大花雞面前，一口咬住大花雞的脖子，要將大花雞拖走。

牠用請求的眼神看了看思姐，似乎要徵求她的同意。

思姐嘆了一口氣，揮揮手道：「行，你要就拿走吧！反正你咬過的雞，我們是不敢吃了。快走吧！待會兒被我媽發現，肯定把你打死，烤了做燻肉。」

前幾次大花雞被黃鼠狼偷吃，伯母就咬牙切齒地說過，一旦逮到那隻偷雞的黃鼠狼，一定要扒了牠的皮，賣給做狼毛筆的販子；一定要烤了牠的肉，過年過節當作雞肉吃。

黃鼠狼聽了思姐的話，居然立起身子，兩個前爪合在一起，給她做了一揖！

思姐目瞪口呆。

還沒有等思姐從驚訝中回過神來，那隻黃鼠狼就拖著大花雞逃跑了⋯⋯

「妳家裡的雞都被黃鼠狼偷吃了，那牠以後就不會再來了吧？」我一邊捲起舌頭咬著思姐給我買的酸棗，一邊問道。

換了我，早把那隻偷吃的黃鼠狼打死了。思姐真是心慈手軟，偷東西的就是小偷，怎麼可以對小偷也有憐惜之情呢？

「不是。從那次之後，我經常見到牠。」思姐道。那時候的思姐也是涉世未深的毛頭女孩，雖然相較其他沒有出外打工的同村女孩子，她多了一分說不清的不同，但是本質還是跟那些初中在校女生一樣的。思姐讀的書少，小學畢業就停學了。伯伯家裡有四個女兒、一個兒子。伯伯和伯母還是有著根深蒂固的重男輕女思想，所以我的四個堂姐讀書都不多，年紀最小的堂哥在小學成績不錯，但是到初中之後變得平平，後來初中畢業也停學了。這種重男輕女思想在十五年前的鄉下太常見了，所以思姐也沒有任何怨言。

「經常見到牠？為什麼？」思姐的答案出乎我的意料。

「我也不知道為什麼。但是每次特殊的時候，牠都會出現。不過牠不會靠我很近，只是遠遠地看著我。」

思姐說，從此以後，每次她傷心的時候，那隻黃鼠狼就會出現，兩隻眼珠子望著傷心的思姐。要嘛在遠遠的山崗上，要嘛在高高的草垛上，要嘛在半夜的窗臺上，總之，牠不靠近思姐。

三年之後，當我變得思姐那麼大時，思姐已經出落成一個漂亮的大姑娘了。如果不論身高的話，那就可以用「亭亭玉立」來形容思姐了。思姐人長得不夠高，稍顯有點矮，但是比大姐、二姐要漂亮。

到了這個時候，媒人就自然而然地出現了，將伯伯家的門檻都踩矮了一截。

可是思姐一一回絕。

這個時候，伯伯和伯母早就應該想到，思姐也許是在外面有了心儀的人兒，但是伯伯和伯母認為她是眷戀外面的花花世界，如果嫁出去了，就只能在鄉下乖乖地種田帶孩子了。他們猜想這才是思姐不答應的原因。

說來也奇怪，自從思姐那次放走黃鼠狼之後，伯母養的雞再也沒有被偷吃過。

在我十五歲的那個夏天，在城裡打工的思姐回來了，說是要幫家裡收稻穀。但是這次回來沒有讓伯母像以往那樣笑瞇瞇。

照道理說，思姐每次回來都會給家裡一小筆錢，伯母應該喜笑顏開才是。可是這次，伯母對誰都是一副兇巴巴的樣子，心情很不好。

思姐帶我出去玩的時候，也是一副心事重重的樣子，給我講故事的時候也是懶懶的。

我聽媽媽說，好像是思姐對伯母說了一些不該說的話，似乎跟思姐的終身大事有關。媽媽說，半夜還聽到思姐偷偷哭泣。在伯伯的四個子女中，媽媽最喜歡的也是思姐。媽媽聽到了哭聲，就爬起來，想去安慰安慰她。

我們家跟伯伯家僅一牆之隔。

媽媽走到思姐的房間門口時，被窗臺上一個飛速掠過的影子嚇了一跳。是黃鼠狼的身影！

媽媽情急之下，順手摸起一個土塊朝黃鼠狼扔去。土塊正中黃鼠狼的背部，打得牠咕咕慘叫。但是牠翻了一個身，迅速消失在茫茫夜色之中。

這時，聽到動靜的思姐打開門來……

「妳打牠幹什麼？」思姐看著黃鼠狼逃竄的方向，用充滿責備的語氣說道。她的眼角還有殘留的淚水。

媽媽拍了拍手上的灰土，說道：「牠經常來偷雞，剛才沒打死牠就是好事了。大半夜的，妳哭什麼呢？有什麼心思，跟嬸子說一說，別憋在心裡嘛！

自家人聽到了還好，如果別人聽到了，還以為咱們家出了什麼大事呢！」

28

思姐抹了抹眼角，勉強擠出一絲笑容，說道：「沒事。就是心裡覺得委屈。」

媽媽看人的眼光很準，試探地問道：「思思，是不是因為妳媽要妳相親的事？」

思姐點點頭。

「妳媽這是為妳好啊！哭什麼呢？女大當嫁，這是免不了的事情。」媽媽勸道。雖然這時是夏季，但是晚上的露水重，還是讓人覺得有些冷。媽媽縮了縮肩。

「嗯！」思姐嘴上這麼說，其實還是一副受了委屈的樣子。

媽媽知道她還沒從心底裡接受，又說道：「妳是鄉村裡的姑娘，比不得城裡那些姑娘。妳雖然現在在城裡打工，但是遲早還是要嫁回鄉里的。趁著妳現在條件好，說媒的人多，還可以挑選選。妳知道的，鄉村裡的女孩一旦超過年齡，說媒的少了不說，還要防著人家在背地裡說三道四。」

媽媽說得不假，隔壁的文天村原來有一個聞名鄉里的美女，她也曾在外打工，到了適婚的年齡還是一個說媒的都看不上，到了二十五、六歲還沒有訂下婚事。最後不知從誰的口裡出了傳聞，說是那個美女之所以不想嫁人，是因為她家裡已經有了別的男人。還說那個男人是從她家鏡子裡走出來的，白天不出來，只有晚上三更的時候出來跟她交媾。有三、四個單身男人說，某夜經過她家窗前，還聽到了女人和男人發出曖昧的喘息聲。

後來，那個美女家再也沒有來過說媒的人。而那個美女發瘋似的見到玻璃或者鏡子就砸爛。

又有人說，是那個鏡子裡的男人背叛了她，找更年輕的女人去了，所以她才會見到玻璃或者鏡子就要砸爛。鏡子是另一個世界的通道，她這是在抱怨發洩。其實倘若她真的不想再見到那個男人，大可不必將鏡子砸碎，只需要用毛巾覆蓋就可以。

媽媽擔心思姐重蹈覆轍，所以婉言相勸。

思姐咬了咬下唇，半天才憋出一句話來：「嬸子，其實我已經喜歡上一個人了。」

「哦？」媽媽沒有料到思姐會說出這麼一句，微微驚訝。

「他是外地人，跟我在一個城市打工。我跟我媽說過了，我媽很氣憤，說我不懂事，要我不再出去做事了，待在家裡好好尋一門親事。」思姐哽咽起來，「我堅持還要出去。我媽就說，出去也行，但是要訂婚了再出去。」

媽媽不知怎麼勸她才好。

思姐說：「這幾天我媽看見我就板著臉，我想著想著，就忍不住哭起來。」思姐的臉上滑下大顆大顆的淚珠，但是她極力抑制自己不要哭出聲來。

媽媽輕撫思姐柔弱的肩膀，嘆息道：「孩子，想哭就哭出來吧！這也是沒有辦法的事情。如果我是妳媽媽，我也不希望妳嫁到很遠的地方去啊！這都是為了妳好，想開點。有句話是這樣說的，人離家鄉格外賤。萬一那邊的人欺負妳，幫妳說話的人都沒有半個。」

「可是我喜歡他啊！」思姐還是極力抑制，但是淚珠還是像斷了線的珠子一樣滾落下來。

第一次陷入戀愛的人，總是容易不顧一切。媽媽也是這樣。當年媽媽跟著我爸爸的時候，就受了爺爺的阻攔。所以媽媽很能體會思姐的心情。媽媽只好勸道：「好好睡覺吧！等明天了我去勸勸妳媽。」

思姐點點頭。

媽媽將思姐勸到床上睡好，這才走出門來，然後返身將門閂好。媽媽後來跟我說，她剛剛門上門，就又聽見了思姐嚶嚶的哭聲。

門了門，媽媽轉過身來，看見了兩團豌豆大小的綠光。媽媽暗暗吃了一驚，因為發出綠光的不是別的東西，正是剛剛被土塊打中的黃鼠狼。媽媽只聽老一輩人說狼的眼睛在晚上會發光，但是現在滿山找幾隻兔子都難，哪裡還容得下狼。媽媽沒有親眼見過狼發光的眼睛，但是聽都沒有聽說過黃鼠狼的眼睛也能發光。

伯伯家正對面的一里多遠是一片梯田，那隻黃鼠狼就坐在田中的草垛上。

媽媽心裡一陣恐懼。她就地抓起兩三塊堅硬的石頭，提防牠突然跑過來。可是就在媽媽低下頭去撿石頭，然後抬起頭來的時候，那兩點綠光消失了。

天上的月亮很淡，像滴在黑布上的一滴米湯水。

媽媽藉著這點月光，朝那個草垛看去，黃鼠狼已經不在那裡了，附近也不見牠的蹤影。一瞬間，牠就像空氣一樣消失了。

但是牠好像隨時都能出現在某個地方。

媽媽心中打起鼓來，惶惶不安地快步回到家裡，似乎生怕牠跟了過來。

媽媽將睡夢中的爸爸推醒，告訴爸爸剛才發生的事情。爸爸擺擺手：「妳怕是看花了眼吧！哪有眼睛會發光的黃鼠狼？快點睡吧！」

那天晚上，媽媽做了一個夢，夢見思姐的眼睛變成了黃鼠狼的眼睛，見到雞就撲過去，張嘴直咬雞的脖子，咬得鮮血淋漓。村裡各家各戶的雞都不得安生，被像黃鼠狼一般的思姐趕得到處跑，雞毛、雞血都撒了一地。媽媽跑過去拉住思姐，思姐轉過頭來，一臉的雞血，猙獰可怖。思姐笑嘻嘻地對媽媽說：「我不是思思，妳搞錯了，我姓黃，我不是童家的人，我姓黃嘞！」說完張口就要咬媽媽。媽媽嚇醒了。

我姓黃？黃鼠狼可不是姓黃嗎？媽媽摸了摸臉，都是冷汗。

第二天，媽媽去勸了伯母，自然是沒有任何作用。

思姐這次回來是最不開心的一次。天天跟在她尾巴後面的我最清楚不過了。思姐說，那晚我媽媽走後，那隻黃鼠狼又來到了窗臺上，默默地看著她，兩隻眼睛發出微弱的螢光。思姐對牠說道：「你走吧！再被人看到，又要扔石頭砸你的。」

但是那隻黃鼠狼沒有走，懶洋洋地躺在窗臺上，默默地看著思姐。

思姐也不驅趕牠，兀自睡了。第二天的陽光從高處打下來，落在窗臺上，那裡已經沒有了黃鼠狼的影子。伯母打掃環境的時候，在窗臺上發現了幾根染血的雞毛。伯母很納悶，家裡已經沒有養雞了啊！

29

思姐原本打算收割完水稻就回城裡的。但是伯母再三要求她多待兩天。

思姐問伯母為什麼要多待兩天，伯母支支吾吾。

思姐以為伯伯和伯母捨不得她，便將收好的行李重新放回，順便幫伯母曬稻穀。

那是一個夏季的午後，我坐在自家門檻上，透過熾熱的陽光看著思姐心不在焉地看守地坪裡的稻穀。偶爾有鄰家的雞、鴨跑過來啄米，她就舉起掃帚裝腔作勢，嘴裡喊出「戚戚」的驅趕聲。雞、鴨受了驚嚇，就跑出地坪，去附近的草叢裡尋覓食物。

黃燦燦的稻穀如一顆顆金子般鋪在地坪裡，充分享受陽光的蒸騰。那時候村裡還不曾有水泥地坪，曬穀時為了防止稻穀跟沙粒混在一起，農人就用牛屎蕩地，牛屎硬了結了殼，其功效如水泥地一般。

思姐坐在屋簷下的陰影裡，像她身邊的貓一樣無精打采。那隻貓在她的腳旁，不住地打哈欠，陽光對牠來說只有催眠的作用。牠不時地用藍寶石一樣的眼睛看看對面的我，牠的瞳孔此時縮小成一個「1」字。晚上我見牠的時候，瞳孔是圓溜溜的「0」字。

突然，那隻貓渾身一驚，逃難似的跑到屋內去了。

昏昏欲睡的思姐被貓的動作驚醒，卻看見金燦燦的地坪對面走來一個俊男子。男子背著一把一米多長的獵槍，手中提著一個血淋淋、毛茸茸的東西。

那個男子朝思姐走了過來，兩隻眼睛瞇成了一條縫，不知是因為看到了思姐發笑，還是因為陽光太強烈的緣故。他手裡的東西還在抽搐，猩紅的血滴落下來，染髒了地坪裡的稻穀。

「妳是思思？」那個男子瞇著眼睛問道，揚了揚手中的東西。思姐看清楚了，那是一隻中彈的黃鼠狼。

思姐從椅子上站了起來，點點頭：「是啊！我就是。」

「哦！」那個男子見思姐承認了，邁開步子朝前走。

思姐攔住即將走進大門的男子，迷惑地問道：「你是誰？你怎麼知道我？你來幹什麼？」

男子將血淋淋的黃鼠狼扔在思姐家的堂屋裡，將背上的獵槍取下來放好，回答道：「我是來送禮的。呶，這隻黃鼠狼送給你爸媽喝湯。我追著攆了兩個山頭才打中牠。」

思姐看了地上的黃鼠狼一眼，心裡一陣痙攣。

「你爸媽呢？」男子問道，探頭探腦地朝裡屋看。

思姐有些不高興，淡淡道：「幹嘛給我爸媽送禮？他們還在睡午覺呢！」

那隻貓蜷縮在堂屋的角落裡，瑟瑟發抖。

男子仔細將思姐打量了一番，笑道：「妳不知道嗎？我是來相親的。本來我家裡和妳家裡說好了選個良時碰面的。但是妳媽說妳性子倔，所以叫我先過來看看妳。」男子見他的獵槍上染了一點灰塵，小心翼翼地用袖口將灰塵擦乾淨。他很愛惜他的槍。

思姐沒好氣地說：「看了也沒用，過兩天我就去城裡打工，不會在家裡待太久。」

那隻黃鼠狼還在抽搐。那獵槍是散彈槍，一槍打出去，就是一把散開的鐵蛋子。黃鼠狼大面積受傷，已經看不清原來的面目。

思姐很擔心，莫非這個男人打到的就是經常來到窗前陪伴她的黃鼠狼？

伯母手捏一把蒲扇走了出來，見了地上的黃鼠狼，嚇得後退了兩步，再一見這個男人，馬上滿臉堆笑：「哎喲，原來是許秦哪！來來來，快來屋裡喝茶。」

後來我才知道，許秦是離我們村大概三十多里的一個偏僻山村的獵人。二十四歲，正處在本命年。俗話說：「本命年犯太歲，太歲當頭坐，無喜必有禍。」也正是因為這個，許秦的家裡想藉喜事沖沖煞氣。

他家裡還勸他這年頭少打獵，一則是山上的野生動物日漸稀少了，以往一晚上可以打四、五隻兔子或者獐子，現在一個晚上能碰到一隻兔子或者獐子就算幸運了。二則還是因為本命年的事，手頭少染血事。

但許秦不聽。

這不，半途來相親的路上打了一隻黃鼠狼。

伯母瞪了一眼呆立在旁的思姐，厲聲喝道：「還不去屋裡給客人倒茶？」思姐心不甘情不願地端來一杯涼茶，遞給許秦。

許秦接了茶杯，嗅了嗅鼻子，神色頗為奇怪地問伯母道：「伯母啊，您家裡是不是經常遭黃鼠狼的騷擾啊？我怎麼聞到一股黃鼠狼的屁臭味呢？」

伯母說道：「你不剛剛帶來一隻黃鼠狼嗎？也許就是牠發出的味道吧？」

一旁的思姐搓了搓手。

許秦喝了一口涼茶，搖頭道：「不對。這味道不是我帶來的黃鼠狼發出的。這味道好像很久以前聞到過，有點似曾相識的感覺。」

伯母不可置信道：「哎，你這人怎麼弄得玄玄乎乎的啊？」

許秦一本正經地說道：「伯母，我不是開玩笑哦！這黃鼠狼的氣味我以前真的聞到過。那是好幾年前，我曾碰到一隻黃鼠狼，瞅了一眼就開槍。子彈明明打中了，但是牠還是活溜溜地跑掉了，並且逃跑的時候放了一個屁。我打獵很少空手回家，很大程度上還得益於有個靈敏過人的鼻子。我的鼻子聞氣味，比眼睛看人還要準。」

許秦兩隻眼睛滴溜溜地到處掃描。

伯母的眼睛跟著看他看到的地方。

「我不但可以確定這個氣味沒有錯，還可以確定……這隻黃鼠狼經常來您家。您得好生看管家裡養的雞，莫叫狡猾的牠給偷走了。」許秦說道。

伯母眨了眨眼，道：「我家裡也沒有雞了啊！」話剛說完，伯母拍了一下巴掌，驚道，「前幾天我在思思房間的窗臺上發現幾根帶血的雞毛。難道牠真的經常來我家？你真行啊，這些你都能知道！」

許秦得到伯母的讚許，喜形於色。

思姐不滿道：「那有什麼？反正我們家沒有養雞，隨牠來來去去唄。」

許秦放下茶杯，正色道：「那可不行。這黃鼠狼能從我的槍口下逃脫，已經不簡單了。我估計牠不是一隻普普通通的偷雞的黃鼠狼。」

伯母不解，問道：「許秦，你這話是什麼意思？不是普普通通的？」這時又有幾隻雞、鴨踏入了曬穀的地盤，但是伯母和思姐都沒有理會。

許秦聲調降低了許多，細聲細氣道：「這恐怕是一隻修行了幾百年的黃鼠狼精……」

30

「黃鼠狼精？」伯母詫異道。

「妳不相信吧？」許秦早就知道她們不會相信他的話，「呵呵，如果我不是獵人的話，我也不會相信呢！但是如果一個人經常半夜在山林間穿梭的話，逐漸就會發現很多常人發現不了的詭異事情。」

他看了看四周，像是怕別人聽見似的，悄悄對伯母和思姐說道：「其實啊……在隱密的角落裡……有很多我們不知道的事情在發生……」

伯母的情緒受了他的感染，也神經兮兮地左顧右盼。

「妳們想想，幾乎每個獵人都會養一隻狗，對不對？」許秦問道。

伯母和思姐點頭。

「一個獵人如果少了兩樣東西，他就不是一個完整的獵人。一樣是獵槍，另一樣就是狗。」許秦伸出兩根指頭，緩緩說道，「但是妳們一定不知道，還有些獵人……養了另外一樣東西……」

雖然思姐對這個來相親的獵人沒有任何好感，但是注意力被他的話深深吸引。思姐忍不住問道：「還有什麼東西？」

許秦見思姐主動詢問，頗為高興：「另外一樣東西，是犬神。」

「犬神？」思姐皺起眉頭。

「犬神不是神，是狗的幽靈。要養犬神其實不是很難，在事先捆結實了的狗面前放置美味食物，但就是不解開繩索給牠吃。牠越拼命掙扎，想吃食物的慾望就會越集中。然後用鋒利的刀猛地一下砍下狗的頭，丟到很遠的地方，那隻狗的死魂就要作祟，就可以被養作犬神。」許秦兩眼發光地說道，好像他正在做著這件恐怖的事情。

思姐聽得汗毛直立。

「狗是最忠實的動物，所以即使獵人這麼做，牠也不會背叛牠曾經的主人。有了犬神的獵人，那就比一般用槍驅狗的獵人厲害多了。如果在夜晚打獵的時候遇到什麼不乾不淨的東西，犬神就可以發揮一般狗類發揮不到的作用了。」許秦得意洋洋，彷彿他就擁有這麼一隻古怪的犬神。不過伯母和思姐都沒有注意到，這個男人來的時候只帶了獵槍和獵物，身後卻沒有跟著一隻吐舌頭的狗。

「這樣對狗是不是太不公平了？」思姐總是擁有一顆善心。

「這有什麼不公平的？打到獵物了，我照樣給牠供奉肉食，一點不比牠生前少。生來是老鼠，就要躲著貓；生來是一隻雞，遲早成為主人碗裡的一盤菜。如果這些都是不公平的話，那就從來都沒有公平存在。」許秦不以為然。

思姐斜了他一眼，道：「牠死了，你還給牠肉食？」

許秦點頭：「是啊！從表面上來看，牠吃過的肉跟其他肉沒有任何區別，但是如果咬上一口的話，你就會發現牠吃過的肉已經完全沒有味道了，啃起來像啃泥土一樣寡淡寡淡的。」

思姐鼻子哼了一聲，譏諷道：「說得好像你養了一隻犬神一樣。」

許秦對思姐的譏諷置若罔聞，大大咧咧道：「我幾年前打了牠一槍，牠一直沒有來找我復仇，就是畏懼我。今天既然來到伯母家。」他朝伯母獻上一個諂媚的笑容，繼續說道：「那就讓我幫伯母逮住這隻黃鼠狼精做為見面禮吧！用黃鼠狼精燉湯，喝了延年益壽，滋陰補陽，是一般黃鼠狼的百倍、千倍營養呢！黃鼠狼的肉本身就有一定的藥用價值，能治白血病、肝炎、貧血及各類血液病症。牠是治療白血病的絕妙偏方，每日吃黃鼠狼肉一次，連服七日便有成效。這是牠的大用處。小用處呢，用牠煎油，可以塗瘡疥、殺蟲。牠的心、肝可以治心腹痛。呵呵，由此可知，黃鼠狼精的肉就比得上千年人參啦！」

伯母喜得兩眼瞇成一條縫，連連叫好，恨不得現在就去準備煮湯的佐料，只等黃鼠狼精乖乖來下鍋。

「你要捉那隻黃鼠狼精？」思姐半信半疑地問道，「你不是說過，你的獵槍打到牠還是讓牠逃走了嗎？牠有百年的修行，你才活了二十多年，你能鬥過牠？」

許秦回答道：「到時候妳就知道了。」

伯母喜孜孜道：「那也好，今晚就在這裡吃晚飯吧！妳跟我們思兒溝通溝通。一回生二回熟。」說完，伯母去廚房取下懸掛在牆頭的籃子，換上破舊的黑布鞋，去林場山附近的菜園裡摘菜。

坐在自家門檻上的我，看著伯母提著竹籃像賊一樣迅速溜走。

這毒辣辣的太陽當頭照著，去摘什麼菜！

思姐見伯母走了，便丟下許秦，回到門口看守曬穀場，將幾隻在地坪裡肆意吃食的雞鴨趕得遠遠的。

許秦落了個冷臉，但不灰心，提著一個小凳子走出來，在思姐身邊坐下，獻殷勤道：「妳就坐在椅子上吧！我來幫妳趕這些貪吃的東西。」

「貪吃？牠們再能吃，也吃不過一個人的飯量吧？」思姐冷冷道。

許秦聽出話裡有話，知道她是想驅趕他走。不過他不明白，我留下來是要給妳逮住偷偷騷擾妳的黃鼠狼精的，沒有功勞也有苦勞，不至於這樣討厭我吧？

難道……

不可能的，如果她喜歡上了一個黃鼠狼精，就不會這麼急著要回城裡。許秦這麼想。

許秦想著法兒跟思姐有一搭沒一搭地聊著。

在不甚愉快的氛圍裡，天色不知不覺暗了下來。周圍的房子頂上冒起了炊煙。思姐踮起腳來望，還是沒有看到伯母的身影出現……

伯母是我們一大家子中最講究按時定點吃飯的人。

思姐喃喃道：「不應該啊……」

天色更暗了。遠處的山那邊聚集了大團大團的烏雲，像吸飽了墨水的棉花一樣沉甸甸的，似乎要掉下來。

31

「該不是在誰家裡坐著聊天，忘記時間了吧？」思姐自我安慰。

在許秦的幫忙下收起了地坪裡的稻穀，又等了一刻，伯母還是沒有回來。

思姐終於坐不住了，拿了手電筒就要去找伯母。這時天已經完全暗了下來。

許秦連忙起身，順手拿起他的那杆獵槍。
他在腰間解下一個鐵壺，喝了兩口，遞給思姐。
思姐看了看那個鏽跡斑斑的鐵壺，問道：「這是幹什麼？」
「喝兩口。」許秦搖了搖鐵壺。裡面有液體晃蕩的聲音，「這是我常帶在身邊的穀酒，晚上出去打獵的時候喝上兩口，暖身子。」
思姐覺得這個人真是莫名其妙：「我是去找我媽媽，又不是去打獵！」
她將這個男人的鐵壺推開。
男人接下來的話讓思姐心驚肉跳。
「我覺得伯母可能在摘菜的時候遇到什麼事情了。」許秦雙眉一挑，然後雙肩一聳，將齊眉高的獵槍披在了身後，一副整裝待發的模樣。
「笑話！」思姐冷冷譏諷道。她按開了手電筒的按鈕，但是手電筒沒有發出光。思姐拍了拍舊手電筒，手電筒終於發出一道不甚明亮的光。思姐轉動手電筒的頭部，將照在地面的光點調到適合大小。

「直覺。」許秦像是在反駁思姐，又像是在自言自語。

思姐懶得理這個神經兮兮的獵人，在手電筒的照耀下走出門。許秦跟在後面出來。

順著從家裡去菜園的路上，一家一戶地問了過來，沒有人說見過伯母。思姐的心這才懸了起來。

「不會是遇到山姥了吧？」許秦一直跟在思姐的後面，開始一聲不吭，現在見快走出村頭了，他才冷不防說出一句話來。

「山姥？」思姐本不想跟他說話，但是現在走到了沒有人家的村頭，心頭有點害怕，便勉強答了許秦的話。

「山姥是居住在山中身體粗壯的老婆婆，她不是鬼，當然也不是一般的妖精。很難說清她到底是什麼，但是她有一種奇異的能力，她能看出人的內心所想。這是她最為妖異恐怖的地方。」許秦道。

思姐嚇了一跳，但是故作冷靜，說道：「你別以為在這個時候說這些東西就能嚇到我。就算有山姥這種怪物，也不會出現在這裡。我在這裡經過幾百幾千次了，從來沒有見過你說的那種老婆婆。」她一邊說，一邊左看看右看看。陰風陣陣，寒氣似乎要將整個人穿透。

思妞站上一個較高的樹樁上，踮起腳瞭望林場山中菜園的所在處。恍惚之間，思妞看見大概就在菜園的地方，有一團綠瑩瑩的東西。

思妞回頭看著背著獵槍的許秦，問道：「你敢不敢跟我去我家的菜園一趟？」

許秦嘴角一彎，笑道：「有什麼不敢的？我可是獵人哪！還會怕這個？」思妞不確定他是不是也看到了那團綠瑩瑩的東西。

他們兩人走到菜園，卻也沒有發現伯母。而且，思妞連之前看到的綠瑩瑩的東西也沒有找到。

正在思妞猶豫之間，菜園旁邊的小林子裡發出一陣草驚動的聲音，像是有什麼動物突然跑過。轉眼看去，卻什麼東西也沒有看到。

許秦卸下背上的獵槍，從腰間的兜裡掏出一把火藥，從槍口倒進去，然後又掏出一把鐵蛋子，也從槍口倒進去，最後用一根小鐵棍對著槍口捅了幾下。

「妳站在這裡不要動，我去那裡看看。」許秦指著剛發出聲音的地方，然後端起獵槍躡手躡腳走進了一片昏暗的小林子裡。

思姐等了兩三分鐘，既沒有聽到槍響，也沒有聽到許秦走出來的腳步聲。正在猶豫要不要走進那個小林子的時候，思姐突然聽見黃鼠狼的叫聲——咕咕咕，咕咕咕……

「黃鼠狼？」思姐微微驚訝。那隻黃鼠狼陪伴她度過了許多個夜晚，她當然能聽出熟悉的聲音。

思姐往前走了幾步，絆到一個生硬的東西，那東西發出水波蕩漾的聲音。思姐低頭一看，原來是許秦裝酒的壺。或許是他急於捕獵，一時粗心，將它掉落了。思姐將酒水壺撿起來，繼續朝黃鼠狼的方向走。

走進小林子之後，她才發現一切都是徒勞。因為小林子裡的樹葉密集，沒有一點光線，伸手不見五指。她將手電筒拿出來，推開了開關，可是手電筒沒有發出光。思姐使勁地拍打手電筒，它還是無動於衷，根本不理會思姐的心情。

咕咕咕，咕咕咕……

黃鼠狼的叫聲就在前方不遠。

思姐此時有些後悔進這個小林子了。萬一這聲音是什麼東西模仿引誘她的呢？她想起許秦之前說的話來：「如果一個人經常半夜在山林間穿梭的話，逐漸就會發現很多常人發現不了的詭異事情。其實啊……在很多隱密的角落裡……有很多我們不知道的事情在發生……」

思姐慢慢後退，想原路返回菜園。

卻不料後腳跟絆到一塊大石頭，思姐的身體失去平衡，摔倒在地。「咣」的一聲，酒壺跌落，撞在了大石頭上，如同火柴梗劃在了磷面上，冒出一連串火花，可惜火柴梗沒有燃起來，轉瞬即逝。

來不及揉跌傷的腳跟，思妲急忙爬向火花閃現的地方，雙手在草叢中摸索酒壺。

酒水壺很快就找到了，可是等到站起來的時候，思妲這才發現，剛才的一摔讓她失去了方向。漆黑一片，分不清東南西北。

側耳一聽，先前的黃鼠狼叫聲也不再響起。

她只好按照自己的感覺來走。磕磕絆絆中，居然走出了小林子。但是，此時腳下的路顯然不是剛才那條。周邊的環境也十分陌生，彷彿到了另外一個世界。

「許秦！許秦！」思妲大膽叫了兩聲。

沒有人回應，回應她的是一陣拂面而過的涼風。周圍樹枝隨之颯颯作聲。

腳下的路羊腸一般細小，兩邊是齊腰的荒草。

順著這條小路往前看去，好像盡頭有一點微光。

循著微光的方向，思妲邁開了腳步。但是她每走一步都覺得不踏實，好像腳下的路是飄著的一樣。

微光漸漸靠近，居然是一個小木屋。

這林場山中，何時住了這樣一戶人家？思妲心頭猶疑。也許是我長期在外打工，不知道有人搬到這裡居住吧？

思妲走到小木屋前，遲疑了半天，終於抬起手來，在木門上敲了三下。

「咚咚咚。」

屋裡沒有任何響動。倒是木屋前的荒草叢中一陣窸窸窣窣的聲音，好像驚動了某個深夜酣睡的動物。

思妲定了定神，又在門上敲了三下。

「吱呀——」

木門開了。門口站著一個沒了牙齒的老婆婆。思妲嚇了一跳。剛才沒有聽見老婆婆的腳步聲，難道她一開始就站在門後等著？

32

思姐仔細打量老婆婆的相貌。這個老婆婆的頭上插著缺了幾個齒的木梳子，不修邊幅，她的手裡提著一個煤油燈盞。燈盞上有一個玻璃罩，濃黑的燃燒不充分的煙從玻璃罩冒出，這使得她手裡的燈盞像一隻即將逃跑的墨魚。豆大的燈光飄忽不定。老婆婆的臉在燈光的映照下也變得飄忽不定。

「那個……」思姐環顧四周，完全不知道自己身在何處，如果眼前有一條熟悉的路的話，她萬萬不願在此多作逗留，「我迷路了……」

「哦，進來吧！」老婆婆嚅動乾癟的嘴，返身往屋裡走。

思姐有些膽怯了，心想這種模樣的老女人，簡直像個老妖婆。

這時，老婆婆突然停住了腳步，回過身來，冷笑著，露出閃著金光的牙齒，對思姐說：「妳是不是在想，這個老婆婆邋裡邋遢，簡直像個老妖婆？」

思姐嚇了一跳，心想：「她只是長得不討人喜歡，應該不至於趁著我迷路把我吃掉吧？」

老婆婆笑了笑，燈光在她溝溝壑壑的臉上跳躍。她的嘴巴有些漏風地說道：「妳現在心裡想著我會不會把妳吃掉，是不是？」

思姐嚇得臉色蒼白。

老婆婆呵呵笑道：「妳猜得不錯。在妳前面不久，有另外一個人闖到我這裡來。我本來打算吃掉那個人的，可是現在看看妳，我改變主意了。妳的肉肯定比那個人的肉要可口得多，我敢打賭。」

思姐想轉身逃跑，可是此刻她的腳已經不聽使喚了。

老婆婆皺眉道：「妳想逃跑？已經晚啦。只要妳一跟我說話，妳就著了我的道，逃不掉了。」老婆婆擠出一絲笑容，朝思姐招招手，「乖乖地跟進來吧！」

思姐的腳好像自己有了思想，很聽話地抬起來，一步一步跟著老婆婆朝屋內深處走。

走到屋中央，思姐看見一個直徑兩米的大鍋，鍋底燒著柴棍，鍋裡煮著開水。思姐焦急不已。莫非老婆婆燒這麼一大鍋的水就是為了將我煮了？

老婆婆點頭道：「妳猜得不錯，我不喜歡像野獸一樣吃生食。」

思姐在鍋旁邊居然看見了伯母。伯母被一把草繩捆著，昏迷不醒。思姐急得大叫：「媽，媽……」

伯母雙目緊閉，沒有一點動靜。

老婆婆笑道：「原來妳們是母女倆啊！也好，也好，將妳們兩個一起煮了，黃泉路上也好有個伴。不要像我這個老太婆一樣，孤苦伶仃。」說著，老婆婆從角落裡撿起幾根木柴，扔到火堆裡。木柴立即發出「劈劈啪啪」的聲音，火勢更大了，鍋裡的沸水翻滾著。

完了，完了，完了。恐怕我要成為這個老妖婆的一頓肉湯了。思姐害怕得不得了。許秦說到山中有山姥，我還不相信，沒想到立即就碰上了。真是倒了大楣。

「有什麼倒楣的？」老婆婆雙目陰冷地盯著思妲，「除了十年前有一個小男孩來過這裡，其他人還沒有機會來我這裡呢！妳算是撞大運啦！」

思妲想起十年前的一件事。那時，有幾個玩伴來林場山玩躲貓貓，玩到傍晚準備回家的時候，思妲幾個玩伴中少了一個人。當時他們沒有太在意，以為那個走失的人是提前回了家。可是回到家後，那個玩伴的家長找來了，詢問他家孩子怎麼還沒有回來。這下幾個人慌了神，急忙跑到林場山附近去找。他們找到月亮出來，還是沒有發現那個玩伴的蹤影。幾天後，在他們玩過躲貓貓的地方出現了一具白骨……

老婆婆看穿了思妲的心思，點頭承認道：「那就是我幹的。十多年沒有嚐過人肉味啦！我吃了好多蘑菇和野菜，今天終於又可以開葷了。」

思妲心裡一陣痙攣。

「在我們山姥的眼中，人肉是分三、六、九等的。其中老人的肉叫做『饒把火』，意思是說這種人肉老，需要多加把火；小孩叫做『和骨爛』，意思是說小孩子肉嫩，煮的時候連肉帶骨一起爛熟。這兩種都不太對我的胃口。年輕女人的肉叫『不羨羊』，意思是說這種人的味道佳美，超過羊肉。」老婆婆舔舔嘴唇，垂涎三尺，「我今天就要嚐嚐『不羨羊』的味道。」

老婆婆將瑟瑟發抖的思姐打量了一番，擠出一個難看的笑容，說道：「妳長得不錯，可以說是個美女。我們吃美女的辦法有許多種。有的是把美女放在一個大缸裡，外面用火煨烤，直到把美女烤熟；有的是把美女放在一個鐵架子上，下面用火烤，像烤羊肉串似的；有的是把美女的手腳捆綁起來，用開水淋在身上，然後用竹掃帚刷掉美女身體外層的苦皮，再割下肌肉烹炒而食；有的是把活美女裝在大布袋裡，放進大鍋裡煮；有的是把美女砍成若干塊，用鹽醃上，隨吃隨取；有的是只截取美女的兩條腿，或者只割下美女的兩個乳房，其餘部分扔掉。妳喜歡哪種？」

思姐後退幾步：「我……」

老婆婆不等她說完，擺擺手道：「我不喜歡那麼麻煩，我一般直接把人丟進鍋裡煮熟。我生前不會煮飯做菜，任他什麼菜，都是丟進開水裡煮。所以我兒子、兒媳老說我做的菜不好吃。」老婆婆又往鍋下面丟了幾根木柴。

思姐聽她說到兒子、兒媳，腦袋裡突然靈光一閃。她急忙插言道：「老婆婆，您的兒子、兒媳都住在哪裡呢？我小時候經常到這裡來玩躲貓貓的，也許我跟你兒子、兒媳曾經是好朋友呢。」思姐想藉人情讓老婆婆放過她。

老婆婆果然神色發生了變化，語氣也變得親切：「我兒子姓莫，兒媳姓陳。妳認識嗎？」

思姐一愣。因為這裡沒有姓「莫」的人家，但是她聽說過有關莫家的傳說。清順治九年，南明將領李定國率兵攻巴陵，城中糧盡，清軍守將就殺居民為食。有個姓莫的人家，兒子被抓去當兵，戰死沙場。兒媳婦與婆婆相依為命，守將要殺食婆婆，兒媳陳氏叩頭請求替婆婆死，守將說：「真是一位孝順的好媳婦！」就答應了她的要求。婆婆哭著阻攔說：「我兒子已經為您打仗戰死沙場了，幸好兒媳婦早有孕在身，不至於讓我莫家絕後，求將軍留下我兒媳。

我已經是半身入土的人，即使活著又有何用？請把我吃了吧！」

守將不耐煩道：「妳一把老骨頭了，吃起來也沒有味道。」於是烹食莫家兒媳，把她的骸骨交給她的婆婆帶回家安葬。巴陵縣城被圍困八個月，守軍吃掉民眾近萬人，其中大部分是婦女和兒童。有的小氏族從此斷後絕跡，其中包括本來就只有十幾戶的莫家。

兵亂過後，這位莫家婆婆有一天在路上遇見了清軍守將，就跪下向他下拜。守將感到驚訝，問：「妳拜我幹什麼？」那婆婆說：「我的兒媳和孫子都安葬在你的肚裡，他們都沒有墳墓。如今清明節臨近，我不朝著你的肚子下拜又到哪裡去拜呢？」

33

從此以後，莫家婆婆像水蒸氣一樣從人間蒸發了，再也沒有誰見過她。不過，從順治九年到如今的三、四百年中，這個地方或有小孩或者老人突然消失，幾天後在失蹤的地點就會出現一堆白森森的骨頭。

原來這些失蹤的人都被這位老婆婆吃掉了。

思姐心想道，這麼多人都被她吃掉了，自己要從這裡逃出去，恐怕是癡人說夢。

正當她這麼想的時候，老婆婆的木屋外又響起了敲門聲。

老婆婆和思姐都一愣。

「山姥在家嗎？」門外一個聲音問道，尖聲尖氣的。

思姐心裡一陣失望。她還以為是許秦找過來了。

「在呢！」老婆婆很自然地回答道，門外的來者應該跟老婆婆比較熟。莫非也是山裡的另一種怪？

門外的來者聽到老婆婆回答，便推門而入。一陣山風隨之進入木屋裡面，從思姐的臉龐上掠過。思姐聞到了一絲熟悉的味道。

「咦？怎麼多了一個生人？」來者看見思姐，驚訝不已，不過來者的驚訝似乎有些刻意和誇張。

在來者打量思姐的同時，思姐也打量了來者一番。這個剛剛進來的人長相很奇怪，尖嘴猴腮，脖子長腦袋小，眼睛圓圓，身子像被什麼力量拉長了許多一般不協調，而手腳卻很短，特別是手指，除了大拇指之外，其他四根手指居然是一樣長的，像是正常人的手被一刀切齊了一樣。

老婆婆向來者解釋道：「今天運氣好，終於來了個年紀又輕、皮膚又好的美女。我等了三四百年，盡吃了些『饒把火』、『和骨爛』。如果你也想試試『不羨羊』的味道，那就留下來一起吃一頓。」

來者擺手婉拒道：「山姥，妳又不是不知道，我不吃人肉的，我還是喜歡新鮮的雞肉一些。」

老婆婆笑道：「也是，人類對你有恩呢！上次你被一個獵人打傷了，為了偷雞養傷，被人家捉到過。但是人家沒有打你，不但放了你，還讓你帶走了被咬死的大花雞。我就不一樣啦，我兒媳和孫子都被人吃掉的，我必須吃回來。」

思姐突然記起那絲熟悉的味道來，那是陪伴她度過很多個夜晚的味道。而那小腦袋長脖子的模樣，不正是無數次在窗臺上凝望她的黃鼠狼的縮影嗎？

老婆婆說的偷雞的事情，不就是自己放過黃鼠狼的那次嗎？思姐心中一陣驚喜，但是她知道，山姥說過，她好不容易等到一回「不羨羊」的人肉大餐，豈能輕易放過？於是，思姐面不改色地盯著鍋下的火焰，細細聽著來者跟山姥的對話。

可是接下來，來者沒有一點勸止山姥烹食思姐的意思。

「是啊，那當然要吃回來。」來者附和山姥說道，「加把柴，把火燒得更旺一些吧！」

山姥見來者並沒有阻止她吃人的意思，十分高興。她邀請來者在大鍋旁邊坐下，甚至有幾分歉意地說道：「真是對不起啊！你不喜歡吃人肉，我又不喜歡吃雞肉。我沒有事先準備好一兩隻雞給你開開胃口，只能讓你坐在這裡看著我吃了。」

來者擺擺手，笑道：「山姥何必這麼客氣？我們是一百多年的鄰居了，不必拘泥這些小禮節。」

山姥的嘴角流下了黏稠的唾液，不知從哪裡摸出了兩根三尺來長的大竹筷子。她拿著筷子在煮沸的大鍋裡攪動，說道：「上一次吃人肉已經是很久以前的事了，這次居然遇到『不羨羊』，讓我忍不住流出口水來。」那筷子的底端削得尖尖的，筷子觸到黑漆漆的鍋底，發出「刺啦刺啦」的雜訊。

來者走到山姥身後，拍拍她的背，說道：「山姥呀，妳看，『不羨羊』

是好不容易才能碰到一次的，妳就這樣馬馬虎虎地煮了吃掉？那多麼浪費啊？」

山姥將大竹筷子橫架在鍋沿上，回過身來，好奇地問道：「說得也是。那依你的意思，我應該怎麼吃了她？」

來者指著思姐手裡的酒壺，說道：「您看，她手裡拿的是獵人打獵時用的好東西。」

「好東西？」山姥斜睨了眼看著思姐的手。思姐呆呆地站著，不知道該怎麼好。

「是啊。獵人肚子餓了，想吃肉了，就一邊烤肉吃，一邊喝那個。」

「酒？」山姥問道。

「是的。」

「我不喝那個。我生前沒有喝過那東西，聽說很容易醉人的。」山姥搖頭。

思姐在心裡默唸許秦的名字，希望他能破門而入，然後一槍將這個怪老婆婆打倒在地。她甚至想像著許秦的槍口冒出青煙的樣子，也許這個時候的他才是瀟灑的，才是容易令女人心動的。

來者嘆了一口氣，勸道：「山姥，您這就錯啦！人們總說酒肉穿腸過、朱門酒肉臭、酒肉朋友，和尚也是既戒酒又戒肉，可見酒和肉是不能分離的。只有有酒喝又有肉吃的時候才是最暢快的。今天您運氣好，得了年輕女人的肉，運氣更好的是，這盤中餐還自己帶來了好酒。您怎麼能拒絕酒肉，拒絕好運氣呢？」

「說得不錯。」山姥喜笑顏開，急忙走到思姐前，一把奪走酒水壺。

來者迅速從兜裡掏出兩個酒杯來，大聲道：「山姥，不瞞您說，我就是衝著這壺酒水來打擾您的。我也早聽說獵人的酒水不一般，比常人喝的都要甘醇爽口。我知道您家裡沒有酒杯，所以我事先都準備好了。為了我們鄰居這麼多年，更為了您今天的好運氣，來，來，來，我們先乾一杯！」

山姥樂得忘我，馬上將兩個酒杯斟滿，爽快地仰脖飲下一杯。

來者趁山姥喝酒的時候，偷偷將自己杯子裡的酒倒在了地上。

「酒果真是個好東西！不過嗓子火燒一般，得喝點人血解渴。」山姥說完，拿起鍋上的筷子，用尖端在昏迷的伯母的肩膀上戳了一下。伯母的肩膀立即流出蚯蚓一般彎彎曲曲的血跡。山姥二話不說，趴在伯母的肩膀上，肆意地吮吸流出的鮮血。

思姐嚇得大叫。

山姥完全不理思姐，吸了好一會兒兒，終於將嘴巴移開，打了一個飽嗝。

來者已經倒好了第二杯酒，遞給山姥，說道：「混合酒的味道，血的味道就鮮美了吧？」

山姥點頭，又利索地喝下了第二杯。

兩杯下肚，山姥立即不省人事了，趔趔趄趄走了幾步，跌倒在地。

來者連喊了四、五聲「山姥起來喝酒」，見老婆婆撲地不起，急忙丟下酒杯，走到思姐面前：「趁著她醉了，妳快逃走吧！」

思姐愣了一下，但立即回過神來，急忙解開伯母身上的草繩，然後將伯母背在身上。

「妳還要帶她走？她對妳不好啊！」來者制止道，「並且妳背著她的話，跑起來就慢多了，說不定山姥待會兒醒了，妳們還沒有跑遠呢！」

「可是她是我媽啊！」思姐大聲道。

來者拉住思姐的胳膊，說道：「妳讓她被山姥吃掉，那樣妳就可以自由追求妳的所愛了。不是嗎？」

「她再怎麼對我不好，但還是養育了我。就像我只給你吃過幾隻大花雞，你就會冒著危險來救我。是不是？」思姐反問道。

「不是。」

這是思姐意料之外的答案。

「那是為什麼？」

「因為我……」

正在這時，一聲槍響。

「嘭——」

思姐看著眼前的黃鼠狼精身上綻開一朵又一朵的血花。那些血花像被第一陣春風拂過，越開越大，在她眼前迅速怒放。

34

思姐轉過頭來，看見門口的一個人，還有一杆冒煙的槍。

「快走！我們撞邪了！」許秦將獵槍甩到背後，朝屋內的思姐喊道。屋內的乾柴還在熊熊燃燒，血紅的火光撲在許秦的臉上，彷彿那是黃鼠狼精身上濺過去的血，只要許秦抬起手來摸一摸臉，就能將臉弄花了。

思姐看著紅彤彤的許秦，有些發愣。

許秦皺了一下眉頭，朝思姐的腳下看去，恍然大悟：「哦，原來伯母也被山姥騙到這裡來了啊！妳不用愁，我背得動她。」但是他不跨進門檻，只是在門口招手道：「妳先把伯母弄到這裡來，然後由我背她回去。」

彷彿是這句話提醒了思姐，她這才感覺到背上還承受著一個人的重量，兩腿幾乎軟了下來。思姐咬了咬牙，兩手用力將伯母往上一摟，歪歪扭扭地走到小木屋的門口。許秦等思姐跨出了門檻才將伯母移到自己的背上，然後兩人一起急忙離開這個詭異的地方。一路荒草叢生，磕磕絆絆，並且許秦不選沒有草的地方走，盡選攔腰的蒿草地走。

思姐頗不滿意地抱怨道：「有好道你不走，偏偏要走沒有路的地方！」她很想回頭去看看那個黃鼠狼精怎麼了，被許秦那杆獵槍的散沙子一般的子彈打中，不死也丟了半條命吧？但是目前的情形不允許她調回頭去。且不說許秦不會答應，媽媽還在昏迷中，那個被酒灌醉的山姥說不定已經醒了呢！再去可能就是自投羅網。

「我們剛才就是走了好走的路，才中了山姥的邪。那些好走的路，就是為了引我們去那間小木屋的陷阱。」許秦氣喘吁吁地說道。就是沒有任何負擔，要在這蒿草地穿梭也實為不易，何況背著一個人。「這山姥不但會設置道路引妳主動上鉤，還會模仿各種聲音，吸引妳的注意力。我以前碰到過她，知道她的伎倆，所以她故意製造動靜騙我離開，然後向妳下手。」

思姐很後悔之前沒有聽許秦的話留在原地。她後悔不是因為剛才虛驚一場，而是因為黃鼠狼精……

「我離開妳不到一分鐘就覺得不對勁了，回來後見妳不在原地，事情就猜到了七八成。只是要避開山姥的障眼法不是那麼容易，我費了好些工夫才找到那個小木屋。」許秦稍微停了一下，將馬上要滑下來的伯母往上一抖，繼續絆著堅硬的蒿草前進。「每逢端午節，家家戶戶的門楣上都要插上蒿草，能避邪驅瘟。所以我帶妳選有這種草的地方走。就算周圍沒有蒿草，也要選看起來最難走的方向，不然怎麼走都會繞到山姥的小木屋前面去。我剛才在門口不進去，也是擔心進去之後迷失方向走不出來。她的小木屋裡既沒有草，又沒有分得清難走易走的路，一旦進去了，就很難走出來。也許妳走進的是那個門，走出來還是那個門，但是外面的景物完全不一樣了，妳都不知道自己身在何處。所以我一槍打到她之後，叫妳自己把伯母弄出來。不然我們倆都要被困住。」

思姐想告訴他，他一槍打中的不是山姥，而是同樣來救她的黃鼠狼精。但是話到了嘴邊，她又咽了回去。說了又有什麼用呢？

回到家裡之後，思姐感覺心裡有一種說不出的不舒服。

她第二天就提著行李去了打工的城市。但是她沒有直接去上班的地方，而是急匆匆地趕到了另外一個工廠。那個她心愛的男子所在的工廠。指引她去找心愛男子的，是說不清楚但蠢蠢欲動的第六感。

她不答應伯母給她說媒，確實是因為她已經有心儀的人了。在這之前兩年，她邂逅了一個同齡的男子。那個男子對她非常好，對她的關懷無微不至。思姐也對那個男子產生了好感。

只是那個男子從來不吃肉，尤其不喜歡吃雞肉。

他的身體不是很好。每當天氣變得濕冷的時候，他就渾身疼痛，非常難受。思姐很擔心他的健康，有次偷偷在蔬菜湯中加入了雞肉，但是他發現後毫不留情地將思姐臭罵了一頓。思姐氣哭的時候，他又溫柔地安撫她，向她道歉。

令思姐意外的是，工廠的人說她男友這幾天沒有來上班。由於他平時不怎麼交際，其他人也不清楚是怎麼回事。

思姐頓時心中一個咯噔，不顧長途坐車的勞累，又跑往男友的租屋。

到了租屋，思姐被眼前的情景嚇了一跳。往日見到她就驚喜不已的那個人，此時不但沒有出來迎接她，反而躺在床上一動也不動。

思姐緩緩走到他的床邊，輕輕喚了兩聲他的名字。

他無精打采地睜開眼來，說：「我等妳好久了，妳怎麼才來啊？」

思姐揭開他的被子，發現他的身上到處是血。

「呵呵，我早就應該告訴妳，我就是那隻黃鼠狼。」他疲憊地說道，「妳在城市，我就陪著妳打工；妳回到鄉下，我就在窗邊陪著妳。」

思姐雙腿一軟，在他的床邊跪下，淚流滿面，搖頭不迭。

「可惜我不能永遠陪著妳了。上次我挨了那個獵人一槍，是妳讓我偷走了雞，讓我活了下來。這次再挨一槍，算是還給妳的了。但是我去山姥的木屋救妳，不是為了答謝妳的大花雞，而是因為我……喜歡……妳。」

「不要說了，我帶你去醫院，你可以活下來的……」思姐抓住他的手，要拉他走，可是怎麼拉也拉不動。

「不用了，我知道自己的傷勢。我百年多的修行都救不了自己，醫藥又怎麼救得了我呢？」他說道，嘴邊掛著一個淒淒的笑，「我等著妳來，就是想告訴妳，妳可以跟那個獵人結婚，但是千萬不要跟他生兒子。」

「不要說這些了，我給你去叫醫生。」思姐見拉他不動，便起身要去叫人。

他一把拉住思姐的手，哽咽道：「聽我說完，他曾經用非常惡劣的手段飼養過犬神。那犬神可以保他黑夜裡在深山老林穿梭自如，但是他也要付出相應的代價，做為交換條件，養犬神的人如果有兒子，那麼他兒子的靈魂必定要反過來服侍犬神。妳只可以跟他生女兒。記住了嗎？」說完，他的手便像水田裡被割倒的稻草一般，垂落了下來……

35

黃鼠狼精死掉之後，思姐是如何地傷心，又如何心灰意冷地辭職回家，這些事情思姐都沒有跟我說起過。我也無從知道。

我所知道的是，某個放學的傍晚，我看見村頭走來一個人，無精打采，兩手空空，彷彿是秋風中的稻草人。當時我正在屋前的地坪裡跟鄰居小孩玩耍，沒有仔細看，以為那人是個無家可歸的流浪者。很長一段時間裡，有個流浪者經常在我們村附近閒逛。家裡人都叫我們小孩子離那個人遠一點，說是那個流浪者是個瘋女人，她把自己的孩子咬死了，卻發瘋說別人把她孩子藏起來了，見人就問她的孩子在哪裡。

等到那個人朝我這邊走了過來，又走到伯母家的大門前時，我才在昏黃的燈光下認出那是思姐。

那時，伯母和伯伯正在堂屋裡準備豬的晚食，伯母用菜刀將地瓜的葉子和藤剁爛，伯伯則將剁爛的碎碎片片倒進滾燙的糠水裡。

伯母和伯伯見門口突然出現的思姐，都嚇了一跳。伯母差點將自己的手指剁掉，伯伯驚慌之間不小心將手伸進了糠水裡，燙得齜牙咧嘴。

「爸，媽，我回來了。」思姐說完這句，就倒在了門口。

伯母、伯伯急忙扔下手中的工作，跑到門口，將軟塌塌如一把割倒的稻草般的思姐抬進屋裡。

我也急忙拋下一起遊戲的鄰家小孩，跑進思姐的房間。

我剛走到思姐的床邊，就被伯母攔住。

「別看別看，快去幫我叫醫生，等你姐姐好了再來看她。」伯母催促道。伯母自己則立即去廚房裡煮薑湯餵思姐。

我從伯母胳膊下面的空隙裡看到了思姐的臉。那是一張枯黃枯黃的臉，如同冬季還掛在樹上的枯葉，輕輕一捏便會碎成粉。我從來沒有見過誰的臉變成這副樣子。我心中害怕，生怕思姐真的像枯葉一樣碎掉，彷彿她的身體是瓷的，此刻小的磕磕碰碰都已經經不起。我慌裡慌張地跑到村前的小山坳裡去叫醫生。

所幸的是，醫生說思姐沒得什麼大病，就是有些心力交瘁，受了打擊，好好休養一段時間就會恢復。

醫生看完病出來，偷偷對伯母、伯伯說道：「我看你們兩位老人家早給思思做打算吧！一個弱女子在外總是不安全的，假如這次出事是在外地，誰來照顧她？」

伯母聽得出來，赤腳醫師是勸她早點讓思姐嫁人。

思姐說，等她身體稍好之後，伯母便天天在耳邊吹風，說什麼「女大當嫁」、「要不媒人越來越少對象越來越難挑」的話。

伯母的心中已經定下了金龜婿，那金龜婿不是別人，正是獵人許秦。在伯母看來，許秦不但相貌令人滿意，家境也不錯，更別提還曾救過她一命。

思姐當然不答應。

但是此時非彼時。思姐這次突然從城裡回來，並且一回來就病倒了。這讓村裡的人產生了無限的遐想。流言蜚語也紛紛浮出水面，說什麼思姐在城裡做了什麼壞事被人家開除啦，得了病不敢說偷偷回來啦等等。這一下子，以前來踏門檻磨嘴皮的媒人忽然就不見了許多。不過許秦並沒有聽進去那些流言，每次打了好獵物都拿來給伯母，叫伯母煮湯給思姐喝。

也許是選擇少了，也許是往事淡去，也許是出於感恩，反正由於種種原因，思姐最後讓許秦將結婚戒指套在了她的無名指上。

思姐說，每當夜深人靜的時候，她就傻傻地看著月光舖灑的窗臺，期待著不可能出現的影子。

一年之後，思姐生下了一個女娃娃。許秦的家裡很不滿意，堅持要思姐生第二胎，並偷偷賄賂醫院的相關醫生，一定要先鑑定肚子裡的孩子是男孩才生下來。

許秦本想幫思姐說些話，無奈年過六旬的婆婆死也不答應。許秦只好唯唯諾諾地承應下來。

又過了兩年，思姐終於如願以償地生下了一個男娃娃。許秦全家歡喜不已，特別是婆婆，天天摟著男娃娃喊著「小心肝」、「小祖宗」、「小獨苗」之類的話。伯伯與伯母也喜笑顏開，以為思姐從此可以在許家挺直腰桿。在他們那一輩人的眼裡，還是只有男孩才能接下延續香火的重任。女孩嘛，終究是

「嫁出去的女，潑出去的水」。

可是還沒有等眾人從巨大的歡喜中緩過神來，一場巨大的悲劇就發生了。男娃娃在滿月的那天無緣無故猝死！

婆婆頓時昏倒在地，一個月不能下床。伯伯和伯母也在家中以淚洗面。

許秦在同村人抬孩子的屍體出去埋葬時，一頭撞向門前的大柱，頭破血流。虧得旁邊有個婦女及時拉了一把，不然許秦早已命歸西天。思姐更不用說了，形容枯槁，呆若癡人。我跟著本行親戚去看望她的時候，發現她的身體如同失去了三分之一的水分一般，雙目深陷，雙頰凹陷，甚至連雙耳都有一種被霜打過一般，好像一不小心就會垂落下來。

事雖至此，許秦的老母親仍不死心，過了不到一年，還是要求思姐給她老人家生下一個繼承香火的男娃娃。

某日，思姐挺著肚子從醫院檢查回來，看見門口有一人一狗，好像專門為她等候多時。奇怪的是，狗是直立的，人是半蹲的。人的脖子上有一根鐵鍊，鐵鍊的一端被旁邊的狗爪拽著。其情形像極了獵人要出門打獵，只是剛好人狗位置顛倒。

思姐嚇得呆立原地，只聽得狗嘩啦啦地晃了一下鐵鍊，說道：「哎，看來我跟許秦的協議要破裂了。他媳婦的肚子裡居然懷了個黃鼠狼種。狗是狼的親舅舅。雖然黃鼠狼不是真正的狼，但我也算是半個舅舅吧。我怎麼下得了手呢？」

然後，那狗對旁邊的人喝道：「起來！」那人就從半蹲變為站立。那狗又兇狠狠地叫道：「走！」那人便乖乖地在狗的前面開路。

那狗斜睨了思姐一眼，似乎是很生氣，但並沒有對思姐怎樣。嘩啦啦，那人脖子上的鐵鍊拉直了，牽動狗的爪子。那狗便大搖大擺地離去了。

十月懷胎，終於等到一聲啼哭。孩子誕生了。

這個孩子順利地滿月，又順利地滿週歲，讓思姐和許秦懸著的心終於有了著落。

只是，這個孩子見到雞就要撲上去撕咬。長大以後雖然得到一定的控制，但是每次見到人家吃雞肉或者喝雞湯，他就要流出三尺長的口水來……

湖南同學的故事講完了，但是牆上鐘錶的秒針還是一如既往地往前走動……

國家圖書館出版品預行編目資料

轉世輪迴／童亮著.
－－第一版－－臺北市：宇河文化 出版；
紅螞蟻圖書發行， 2015.05
面　公分－－(每個午夜都住著一個詭故事；4)

ISBN 978-957-659-987-3（平裝）

857.63　　103027030

每個午夜都住著一個詭故事 4

轉世輪迴

作　　者／童　亮
發 行 人／賴秀珍
總 編 輯／何南輝
執行編輯／韓顯赫
美術構成／Chris' office
校　　對／楊安妮、朱慧蒨
出　　版／宇河文化出版有限公司
發　　行／紅螞蟻圖書有限公司
地　　址／台北市內湖區舊宗路二段121巷19號（紅螞蟻資訊大樓）
網　　站／www.e-redant.com
郵撥帳號／1604621-1　紅螞蟻圖書有限公司
電　　話／(02)2795-3656（代表號）
傳　　真／(02)2795-4100
登 記 證／局版北市業字第1446號
法律顧問／許晏賓律師
印 刷 廠／卡樂彩色製版印刷有限公司
出版日期／2015年 5 月　第一版第一刷

定價 160 元　港幣 54 元

ISBN　978-957-659-987-3　　Printed in Taiwan